Wolf DeVille
Hollywood Forever
Short Stories

Wolf DeVille

Hollywood Forever

Short Stories

© **All rights Wolf DeVille, 1999**
2th edition, 2000
Cover by Florian Puls
Cover Map and List of Gravesites used by permission
of Hollywood Forever Cemetery
Print by Libri Books on Demand, Hamburg, Germany
Printed on Garamond 12/14
CD/MC „Hollywood Forever – Rock Reading"
available at ! No More ! Records distributed by
www.libri.de
More infos at www.wolfdeville.com
Order this book at www.bod.de, www.amazon.de
www.gala2000.com or in any participating bookstore
ISBN 3-8311-0832-3

Contents (continued next page)

You live only for the Money	**9**
Uli	**15**
Baywatch	**17**
Hollywood Forever	**19**
Viva Las Vegas	**23**
Carhenge	**25**
At Sunset and Poinsettia	**29**
Daily Conversation	**33**
Rodeo Drive	**35**
Dusties Geheimnis	**39**
Hot Dogs and the Constitution	**43**
The Preacher	**47**
Der Herr der Stürme	**49**
Micky lebt	**53**
Eddy. Population 208	**57**
That's Baseball	**59**
Die grünen Riesen	**61**
Oscar Night	**63**
Tombstone	**67**
No Shoes, No Shirt, No Service	**69**
Die Jäger der Hurrikane	**73**
London Bridge	**77**
Devil's Punchball	**79**
Call 888 Bonjour	**81**
Drive By Shooting	**85**
John Ratlicovs letzte Reise	**89**

ctd. next page

Weekly World News · 93
Flash Flood · 95
Der Winkel des Mondes · 99
Ein Sonntag wie jeder andere · 101
Wheeler Springs · 105
Grüsse aus dem Land des Lächelns · 109
Die Inflation der Worte · 113
Cruise Ships Take Airport Exit · 117
Der Tag des Wiedersehens · 121
14 Millionen Buddhisten · 125
Die Nacht der Kometen · 129
Car Commercial · 133
Santa Claus is Coming to Town · 137
Ped Xing · 141
Über das Schreiben · 145

Credits

Thomas Blug for his wonderful guitar, Susu, Bernd, Florian, Jeanette, New Mastodon, Stefan, Christophe, Carol, Sky Bar, Volker, BMG, Jens, Sonja, Patrick, Christine, Sin, Pauw & Politycki, Dirk, Ankiza, Robben and Anne Ford, George, Barbara, WDR, Urs, SR, Rosemarie, The Viper Room, Manfred, Goethe Institut, Uwe, Frank, Nikolas, Karin, Stadtmagazin L.A., VITAL, Uri, BÜCHNER GESELLSCHAFT FRANKFURT, LIBRI Books on Demand, ! No More Publishers ! & my parents. Special thanks to Tyler and Joe from Hollywood Forever Cemetery.

Wolf DeVille
You live only for the money

Besser kann man sich den letzten Apriltag gar nicht wünschen. Eine leichte Brise weht den Duft von Orangenblüten herüber und die Luft ist klar. Man kann die Berge sehen, der Wind sorgt dafür, dass der Smog nicht zu lange über der Stadt hängenbleibt. Richard Kerner stellt eine Tasse mit heissem Kaffee auf die Ablage vor dem Armaturenbrett seines weissen Pickup und sucht den Sender mit dem sanften Jazz im Radio. Er liebt die ölige, tiefe Stimme des Sprechers und die schönen, alten Titel von Tommy Dorsey. Weil er etwas vergessen hat, geht er noch einmal zurück in seinen kleinen Bungalow, wo er zusammen mit Sparky seinen Feierabend verbringt. Sparky ist ein freundlicher Mischlingshund, der Stunden auf dem Beifahrersitz aushalten kann, von wo er den Kopf aus dem Fenster streckt. Den Blick immer nach rechts auf die zerbeulten Leitplanken, die die Stadt zusammenhalten.

Der Hund folgt Richard ein paarmal zum Wagen und beobachtet seinen Herrn beim Beladen der Pritsche. Es müssen schwere Gegenstände gewesen sein, sagen die Nachbarn später. Zum Schluss deckt Richard die Ladefläche mit einer grossen Plane ab, deren Rückseite so dunkelblau ist wie der Himmel. Sparky darf heute vorne mitfahren.

Der Pickup fährt ein Stück durch die Siedlung, kleine graue Bungalows in der üblichen Bauweise, ein Gerüst aus Holz und Spanplatten, darüber eine dünne Schicht aus Mörtel und Farbe. Die Gebäude ähneln sich alle, auch gibt es zuwenig Bäume, aber die Mieten sind billig und zum Einkaufen ist es nicht weit. Danach ein langes Stück Schnellstrasse mit einer Menge Motels, einem Reifendienst und einer Autowaschanlage. Richard folgt dem Torrance Boulevard, biegt nach links ein und erreicht die Auffahrt zum 110 Nord. Der Verkehr läuft Stop and Go wie jeden Morgen. Tausende von dampfenden Plastikbechern und schwacher Kaffeeduft von vorne.

Die Fahrt wird immer langsamer und Richard kreuzt den 105 Freeway, der zum Flughafen führt. Es ist noch früh, trotzdem hängen in der Luft schon eine Menge Maschinen, die auf die Landeerlaubnis warten. Besonders schön sieht das nachts aus, denkt Richard, wenn sie schweben wie eine Kette riesiger Glühwürmchen. Der Wagen schiebt sich unter einem Geflecht von Fahrbahnen hindurch. Ein Gewirr von Spuren läuft aus allen Richtungen zusammen. Richards Hand erreicht den Stapel Papiere neben sich. Arztrechnungen, zuerst bezahlt, dann unbezahlt. Mahnungen, Bescheide der Versicherung. Die Zahlungen sind eingestellt worden. Richard hat den falschen Vorsorgeplan. Den Billigen. Sein Bluttest ist positiv, noch ein Jahr zu leben. Mit etwas Glück auch zwei.

Der Verkehr steht fast. Der Santa Monica Freeway bringt neue Fahrzeugmassen aus Osten und Westen. Man kann schon Downtown sehen, eine merkwürdige Anhäufung von Wolkenkratzern in dieser Stadt der Zweigeschosse. 70 Stockwerke und mehr, garantiert erdbebensicher. An der Seite zum Freeway wirbt ein riesiges Wandgemälde für die Oper. Das Ensemble ist hoch angesehen.

Die Schneise wird immer breiter. Richtung Nord gibt es zehn Fahrspuren, zwölf auf der Gegenfahrbahn. Richard steuert seinen Wagen auf die äusserst linke Seite und fährt ganz nahe an der Begrenzungsmauer vorbei. Plötzlich bremst er scharf ab, bleibt stehen und öffnet die Tür. Hinter ihm staut sich der Verkehr so weit, dass man das Ende nicht mehr sehen kann.

Es gibt einige kleine Auffahrunfälle. Die Fahrer weichen auf andere Spuren aus, was das Chaos noch vergrössert. Die Abfahrt zum Highway 5 ist verstopft, alle Richtungen sind blockiert. Der erste Helikopter taucht auf und meldet den Stau weiter. Ein zweiter folgt wenige Minuten später. Richard steigt aus und zieht die Plane von der Ladefläche herunter. Erst jetzt wird klar, dass mehrere Reihen Benzinkanister darunter versteckt waren. Dann nimmt er die Plane, dreht sie um und faltet sie hinter dem Pickup auf. Langsam geht er zur Fahrerkabine und fischt hinter dem Sitz ein langes Gewehr heraus. Er entsichert es und lehnt es gegen die rechte Seite des Wagens.

Die Ausmasse des Staus sind jetzt nur noch aus der Luft zu erkennen. Polizeihubschrauber haben das Gewehr gesehen und die Meldung an Motorradstreifen am Boden weitergegeben. Die Stelle, wo der Wagen jetzt steht, ist leer, von hinten hat die Polizei den Freeway voll gesperrt und beginnt damit auch auf der Gegenseite. Die ersten Kameras der Fernsehsender nähern sich im Tiefflug. Der Wettbewerb ist hart. Zuhause kann der Zuschauer die Kanäle wechseln und unter mehreren Einstellungen wählen. Gerade läuft Richard aus dem Kamerabereich hinaus und wirft etwas auf die andere Seite, doch Kamera Zwei hat ihn schon erfasst. Er giesst Benzin in das Führerhaus des Pritschenwagens und zündet es an. Mit einem Knall zerspringen die Scheiben und lassen den Rauch ins Freie. Dann ergreift Richard das Gewehr und schiesst sich in den Kopf.

Die Medien haben das Ding im Kasten. Zehn Millionen Menschen sind wegen Richard zu spät zur Arbeit gekommen, der Aufmacher des Tages. Der Himmel ist immer noch blau und wenn die Hubschrauber nicht wären, könnte man im Stau sogar die Vögel hören. Im Radio läuft eine Werbung für Disneyland. Bis Ende April gibt es für die Bürger Südkaliforniens einen Preisnachlass und jeder darf fünf Personen mitbringen. Disneyland, the happiest place on earth.

Die Kamera zeigt den Stau aus der Luft, in der Mitte liegt ein Körper bewegungslos auf dem Kreuz der Autobahnen. Die Grossaufnahme geht über ihn hinweg und erreicht die weisse Schrift auf der blauen Plane.

"You live only for the money."

Wolf DeVille
Uli

Ich traf Uli zum ersten Mal nach einem Konzert am Sunset Boulevard. Wir standen vor der Tür eines dieser Musikschuppen. Jede Nacht spielt eine Handvoll Bands, ohne dass es wirklich jemand interessiert. Die Betreiber leben von dem Geld, das die Musiker zahlen, um auftreten zu dürfen. Danach die übliche Prozedur. Meet and Greet: Nice to see you. My pleasure. Talk to you later.

Einige Zeit später sah ich sie in einem Kabarett in North Hollywood. Der Eingang liegt zwischen einer Wäscherei und einer Reinigung. Von aussen sieht man nur einen Tisch mit Kerzen und einen Getränkeautomaten. Viele gehen nicht hinein, weil sie eine anonyme Selbsthilfegruppe vermuten. Doch ein schmaler Gang führt um die Ecke in ein verstecktes Theater. Es ist gleichzeitig Gemeindesaal und gehört der örtlichen Kirche. Der Pfarrer sieht aus wie ein Filmschauspieler und nutzt seinen Look für die Werbung neuer Mitglieder. Vor allem die weiblichen Besucher rücken mit ihren Stühlen und sind angenehm berührt.

Uli. Der Name ist so deutsch. Wie kommt eine schwarze Frau zu diesem Namen? Vielleicht war ihr Vater als Soldat in Deutschland? Nach der Vorstellung frage ich sie einfach. Sie lacht, denn lange Zeit wusste sie selber nicht, was es damit auf sich hatte.

Ihre Eltern waren nie aus ihrem Viertel herausgekommen. Ihr Bild von der Welt bezogen sie aus einem abgegriffenen Lexikon. Ihre Tochter sollte einen aussergewöhnlichen Vornamen tragen. Deshalb entschieden sie sich für den Namen einer echten afrikanischen Prinzessin. Das Mädchen auf dem Foto sitzt inmitten ihres Hofstaates vor einem Kraal. Sie ist halbnackt, denn die Temperatur scheint noch höher zu sein als in Los Angeles.

An ihrem fünfzehnten Geburtstag hat Uli in der Zeile unter der Aufnahme nachgelesen. Die Eltern haben etwas übersehen. Einen winzigen Kringel, in dem sich ein noch kleineres © befindet. Es handelt sich um ein Copyright-Zeichen. Denn Uli ist tatsächlich ein deutscher Name. Allerdings gehört er nicht der Prinzessin.

Sondern dem Fotografen.

Wolf DeVille
Baywatch

An der Südspitze von Malibu bildet eine Landzunge den Beginn der Santa Monica Bay: Die Stelle heisst Point Dume. Der Abschnitt ist sehr ruhig, weil der Pacific Coast Highway einige Meilen nördlich durchs Landesinnere verläuft. Es gibt schroffe Felswände und davor einen weissen Sandstrand, der steil ins Meer abfällt. Ziemlich steil.

Spät am Nachmittag ist die Schranke nicht besetzt. Die Besucher können die fünf Dollar Parking sparen und bis ans Ende der Strasse durchrollen. Wenig los heute, die drei Türme der Lifeguards sind leer. Die Sonne blendet. Man kann zwei kleine Segel erkennen. Nur ein paar Schritte bis zu den schweren Brechern, die den Sockel des Festlandes überrollen.

Es muss eine Täuschung sein. Die Segel sind nasse, dunkle Dreiecke. Sie bewegen sich umeinander, schlagen auf das Wasser und erzeugen Berge von Gischt. Eine Fontäne schiesst hoch. Dreissig Meter weg vielleicht. Der Atem der Grauwale.

Ein Kanufahrer fasst sich ein Herz. Er überwindet die Brandung und paddelt auf die beiden Flossen zu. Als er sie fast erreicht hat, erstarren sie und verschwinden. Keine hundert Meter vor dem Ufer tauchen sie wieder auf. Zwei Delphine beteiligen sich an der Vorstellung. Kleine, fröhliche Clowns. Geschäftige Komparsen, die in flinken Schwüngen die Wellen kreuzen. Die Wale ziehen schnellere Kreise. Ab und zu erscheint ihr Körper in voller Länge. Dann sieht man den Kopf wie einen Keil in der grünen Wasserwand. Die Leute am Strand laufen zusammen und strecken die Finger aus in Richtung des Schauspiels. Die Hände fast auf der furchigen Haut der nassen Giganten.

Plötzlich zieht Nebel in dicken schnellen Schwaden vom Meer ins Land, bis man die Hand nicht mehr vor Augen sieht. Ein dichter grauer Schleier fällt. Das Spektakel ist zuende. Die schwarzen Riesen verschwinden hinter dem Vorhang und setzen ihren langen Weg von der Arktis bis zu den Buchten von Baja California fort. Die Zuschauer bleiben am Strand zurück. Es wird langsam kalt und sie beginnen zu frösteln. Die letzten dicken Sonnenstrahlen haben keine Wärme mehr und fallen durch ein kleines Himmelsloch auf den kalten Boden.

Wie durch das Fenster einer Kathedrale.

Wolf DeVille
Hollywood Forever

Die Schönen der Nacht haben sich in der Sky Bar versammelt. Alle sind gekommen, um den überirdischen Blick auf Los Angeles zu geniessen. Auch Sin ist anwesend, die schon seit Jahren auf Touristenvisum hier lebt. Bis jetzt ist noch nichts aus der Traumrolle geworden, doch sie ist guter Dinge. Ihr Name ist kein Zufall, denn sie singt in einer Lack-und-Leder-Band und trägt das knappste Korsett der Stadt. Aber sie tritt auch ohne auf, wenn es die Umstände erfordern. Langsam läuft das Geschäft, denn sie erfreut sich einer wachsenden Spannergemeinde.

Mad Max von der Nacktputzfirma lässt seine Muskeln spielen und sucht nach neuen Gelegenheiten. Eigentlich heisst er Robert und hat sein halbes Leben im Fitness-Center zugebracht, doch neuerdings hat sich das Blatt gewendet. Seit wieder flachbrüstige Filmhelden in Mode sind, besinnt sich seine Klientel auf den unromantischen Teil seiner Arbeit und die Beschwerden über das Arbeitsergebnis häufen sich.

Ich rieche Schnee, sagt einer, und er meint nicht die weisse Pracht auf den Zacken der umliegenden Bergwelt, die das Tief der letzten Januartage gebracht hat und über die sich örtlichen Snowboarder freuen. Schnüffelnd nimmt er die Witterung auf und verschwindet.

Ein üppiges Starlet reibt sich am Massanzug eines Filmproduzenten, der sich durch den silbernen Schlüsselanhänger einer Nobelkarosse legitimieren kann. Die chancenlosen Besitzer normaler Fahrzeuge haben sich mit ihrem Schicksal als Zaungäste abgefunden und verfolgen neidisch, wie sich das ungleiche Paar in das Halbdunkel am Pool zurückzieht. Die Sonnenschirme über den Liegestühlen sind auch nachts offen und erfüllen durchaus ihren Zweck.

Ein Denker in Schwarz beschwert sich über die leeren Versprechungen, die wie Köder an den riesigen Gerüsten hängen und die armseligen eingeschossigen Bretterbuden darunter verdecken. Gigantische Plakate der angesagtesten Filmproduktionen versperren die Sicht auf den Himmel. Kolonnen von Malern zaubern alle zwei Wochen neue Seifenblasen auf monströse Transparente. Die Jugend der Welt fliegt dagegen wie Motten gegen eine Neonröhre und lässt sich von den

Produzenten ihre Seele abkaufen bis nichts mehr übrigbleibt und der Aschenbecher der Industrie so voll ist, dass die Rufe nach neuen Talenten nicht mehr ungehört bleiben können.

Doch ist es wirklich so, dass alle auf leere Versprechungen hereinfallen? Oder gibt es in der Gegend nicht doch eine Werbetafel, die wirklich hält, was sie verspricht?

Es gibt sie, wenn man sie auch nur durch Zufall findet, und auch nur dann, wenn man den Santa Monica Boulevard in westlicher Richtung entlangfährt. Sie ist nicht besonders auffällig, weil ihre Aufschrift noch kleiner ist als eine Kinoreklame. Aber sie bleibt immer aktuell und bedarf nicht der geringsten Korrektur. Sie verheisst nicht mehr, als sie halten kann und nicht weniger, als die zahlende Kundschaft erwarten darf. Endlich sind alle da angelangt, wo sie immer schon hinwollten. Denn die Werbetafel steht am Zentralfriedhof von Hollywood. Ihre Aussage ist einfach, klar und zeitlos und bringt die Sache auf den Punkt. Der Slogan besteht nur aus zwei Worten.

"Hollywood Forever".

Wolf DeVille
Viva Las Vegas

Auf den ersten Blick sieht alles aus wie immer. Am Strip in Las Vegas amüsieren sich die Touristen. Neben dem Mirage Hotel gibt es einen künstlichen Vulkanausbruch. Vor dem Treasure Island versenkt eine britische Fregatte in zweistündigem Rhythmus ein Piratenschiff. Während die Menge applaudiert stürzen die Freibeuter hinab ins Wasser. Hoch oben über den Lichtern schiesst eine Achterbahn um die Spitze des Stratosphere Tower. Aus den Taschen der kreischenden Fahrgäste fallen Münzen dreihundert Meter in die Tiefe und landen auf dem kochendheissen Teer.

Das Aladdin Casino hat schon bessere Tage gesehen. Alle sind hier aufgetreten. Die Grossen des Showgeschäfts. Die Scorpions liessen den Bau erbeben. Sogar der King des Rock 'n' Roll hat hier geheiratet. Die Hochzeitsfotos mit Priscilla Presley gingen um die ganze Welt. Doch die Zeit des Aladdin ist abgelaufen. Seine Lichter sind verloschen. Es muss einem grösseren Gebäude Platz machen und wird in wenigen Sekunden in die Luft gejagt.

Punktgenau explodieren die Dynamitladungen und begraben alle Erinnerungen unter einer Wolke aus Staub und Schutt. Die Sprengmeister haben ganze Arbeit geleistet.

Noch im Moment der Zerstörung versucht ein verzweifelter Mexikaner in einem zerbeulten Kleinwagen an der Stelle vorbeizukommen. Er hat die Fenster heruntergekurbelt, weil die Klimaanlage nicht funktioniert. Auf dem Rücksitz liegt seine Frau. Die Wehen der Hochschwangeren haben zu früh eingesetzt.

Die rasende Fahrt ist vergeblich. Sie schaffen den Weg zum Krankenhaus nicht mehr. Brüllend breitet sich die Druckwelle nach allen Seiten aus. Türen erbeben und Scheiben zersplittern. Als die Erschütterung den Wagen erfasst, bringt die Frau einen gesunden Jungen zur Welt. Es gibt nur einen Namen für ihn, versichert sie später den Reportern. Sie wird ihn Elvis nennen.

Elvis Rosario.

Wolf DeVille
Carhenge

"Wer sagt denn, dass wir hier keine Kultur haben!", ereifert sich Jim Redding und deutet mit stolzer Geste auf das Gelände hinter ihm. Die Besucher sehen sofort, was das Stück Brachland nördlich von Alliance vom Rest der trostlosen Gegend unterscheidet. Es sind die Überreste schwerer Strassenkreuzer, die man mit dem Kofferraum nach unten in die öde Landschaft gerammt hat. Manche von ihnen sind durch querliegende Fahrzeuge verbunden und bilden mit ihnen riesige Tore. Der Wind pfeift um die Heckflossen und spielt Orgel auf verrosteten Auspuffrohren.

Die Idee entstand vor dreizehn Jahren anlässlich eines Familienjubiläums. Die alten Luxusschlitten wurden vor der Verschrottung gerettet. Sie erhielten die Behandlung, die sie verdienten. Als bleibende Symbole amerikanischer Lebensweise. Ausserdem wären die Fahrzeuge ohnehin beim nächsten Smog-Test durchgefallen. Das Ganze erinnert nicht von ungefähr an Stonehenge. Doch der riesige Kreis von Carhenge beschwört nicht die Götter der Druiden. Sondern die der Automobile.

Ursprünglich waren unter den ewigen Leihgaben auch zwei Wagen aus Japan. Doch hat Jim diesen Irrtum schnell erkannt. Die beiden ausländischen Karosserien wurden ausgegraben und durch einheimische Produkte ersetzt. "Wir wollen kein japanisches Carhenge!" ruft der Künstler und schaut entschlossen in die Runde. Vor allem diesem Statement ist es zu verdanken, dass nun auch die früheren Gegner des Projektes hundertprozentig hinter ihm stehen.

Leider versammeln sich in dieser vergessenen Ecke Nebraskas nicht so viele Menschen wie vor dem berühmten Vorbild in England. Noch nicht. Schliesslich existiert Stonehenge schon seit Jahrtausenden vor Christus. Dementsprechend mehr Zeit hatte man dort, um die Sache vernünftig zu promoten. Ausserdem verbessert sich die Situation zusehends. Von ersten Heilungen wird berichtet, die auf die kreisförmige Anordnung der Blechwracks zurückzuführen sind. Genau wie in Stonehenge. Neulich sind sogar UFOs über Carhenge gesichtet worden. Allerdings ist der Augenzeuge nicht unumstritten. Es handelt sich um einen aktenkundigen Alkoholiker aus der Umgebung, der im Winter auch vor dem Konsum von Frostschutzmittel nicht zurückschreckt.

Allen Skeptikern zum Trotz hat Jim in seinem Testament dafür gesorgt, dass er mit Carhenge verbunden bleibt. Er hat eine Feuerbestattung verfügt und für seine sterblichen Überreste einen Platz bestimmt, der nicht passender sein könnte. Der Künstler wird im ältesten Fahrzeug des magischen Zirkels seine letzte Ruhe finden.

Im verchromten Aschenbecher eines 58er Chevrolet.

Wolf DeVille

At Sunset and Poinsettia

Schon wieder ist ein Insekt in die elektrische Falle des Lokals hineingeflogen. An der Ecke von Sunset und Poinsettia sitzen die Gäste trotz der späten Stunde im Freien und nippen an Margaritas und Champagnergläsern.

Ein Fotograf leiert innerhalb von 20 Sekunden dreissig Celebrities herunter, die er kennt. "My best friends", versichert er schnell. Die Anderen heucheln Interesse. Name Dropping gehört zum Handwerk. Niemand redet über sich selbst. Weil es dann nichts zu reden gäbe. Sie könnten sich alle die gleichen Schilder umhängen: "Mittelloser Artist sucht Titelrolle."

Am Nachbartisch erklärt der Fitnesstrainer von Silvester Stallone, wie man eine Bombe baut. Er war als Söldner für alle Geheimdienste dieser Welt unterwegs. Mit seinem berühmten Schüler hat er die breiten Schultern und den kalten Blick gemein. Ab und zu lacht er kurz und asthmatisch. Als ob in der Luft Giftgas läge, so wie bei der geheimen Operation in Vietnam, wo ausser ihm alle draufgingen. Sogar ein Empfehlungsschreiben eines sowjetischen Generals kann er vorweisen. Der hohe Militär hat es ihm auf dem Sterbebett überreicht.

Am besten gefiel ihm allerdings eine Mission in Lateinamerika, bei der er besondere Kreativität bewies. Ein Marsch durch den Dschungel bis zum Bestimmungsort, abchecken der Situation und "Bumm!", Problem gelöst. Damals hat er die beiden Grundbestandteile einer Bombe mit ausströmendem Gas kombiniert. Der Mechanismus wurde durch eine simple mechanische Vorrichtung ausgelöst. Das Überraschende war der Verzögerungseffekt. Erst als sich alle in dem Haus befanden, ereignete sich die Explosion. Sogar der Boss der Organisation flog mit in die Luft. Er wähnte sich in Sicherheit. Wieder ein heisseres Lachen. Bei der Beschreibung des Knalls ist die rechte Faust in die linke Handfläche gefahren. Mit einem Knacken entspannen sich seine Finger während sein linkes Auge nervös flattert. Ein kleiner Unfall. Betriebsrisiko.

Stolz weiss er von einem Tunnel von Tijuana bis zur amerikanischen Seite zu berichten, durch den jahrelang verbotene Geschäfte abgewickelt wurden. Auf direkten Befehl des Präsidenten der USA. Mit grosser Geste schaut er sich nach Agenten des Geheimdienstes um, doch niemand erweist ihm die Ehre einer Festnahme. Stattdessen fliegt ein weiterer Falter in das ultraviolette Licht der Vorrichtung. Auch er erleidet einen brummenden Stromschlag bis er mit einem letzten lauten Brutzeln verglüht ist. Mittlerweile entspricht die Anzahl der toten Insekten fast der Hinrichtungsfrequenz in Texas. Der dortige Gouverneur unterzeichnet Todesurteile mit derselben Leidenschaft wie Autogramme.

Das Publikum in dem Restaurant tauscht weiter ungerührt Visitenkarten und der athletische Erzähler ist am Ende seiner Schilderungen angekommen. Er stellt eine Frage, die ihm endlich die gewünschte Aufmerksamkeit einbringt.

"Wanna see my Magnum?" Diese Ankündigung führt dazu, dass selbst seine geschwätzigen Tischnachbarn ihren Small Talk einstellen. Einige der Anwesenden peilen nervös den Notausgang an. Doch dazu ist es längst zu spät. Für einen Moment kostet der Bodyguard die allgemeine Aufmerksamkeit aus. Dann fischt er eine kleine Plastiktüte aus seiner Lederjacke und legt sie auf den Tisch. Entgegen aller Befürchtungen handelt es sich nicht um die berühmte Waffe. Sondern nur um ein gleichnamiges Kondom.

Aber in Übergrösse.

Daily Conversation

Ein Amerikaner klagt nicht. Er gebraucht den Superlativ. Diese höchste Steigerungsform wird im täglichen Leben so oft angewandt, dass ganz in Vergessenheit geraten ist, dass es noch andere Formen gibt. Sie gelten als unhöflich und werden deshalb kaum noch benutzt.

Wie geht es denn heute, fragt der Arzt durch die Tür. Couldn't be better! Wir haben die Krücken nur mitgebracht, um das Wartezimmer zu dekorieren.
Was, Du bist der neue Nachbar? Totally incredible!
Trinken Sie Tee oder Kaffee? Absolutly sensational!
Hatten Sie einen guten Flug? Ein paar Luftlöcher, aber sonst: Simply phantastic.
It's so good to see you again, sagt die Kassiererin. I really missed you. Möchten Sie Papier- oder Plastiktüten?

Die Begrüssung läuft nach einem festen Ritual ab. Auf die Frage: "How are you?" antwortet man unter allen Umständen: "Fine, thank you!". Das gilt auch für die Unterhaltung mit dem Feuerwehrmann nach einem Grossbrand. Es sollen schon Fälle vorgekommen sein, wo die Begrüssungsformel nicht abgewartet und die Konversation gleich mit "Fine, thank you" begonnen wurde. Das ist aber ein Zeichen von Gedankenlosigkeit. Auch völlig Unbekannten wünscht man den allerschönsten Tag. Oder das wunderbarste Leben.

Im Krankenhaus fahren die Sanitäter einen Verletzten zum Operationsraum. Die Umstände erlauben es nicht, dass er spricht, doch die Fotografen haben die Aufnahme, die sie brauchen: Demonstrativ spreizt der Patient die Finger zum Siegeszeichen. Nimm es leicht, heisst die Devise, denn wirklich: Das Leben ist hart genug.

Aber eines der Besten.

Wolf DeVille
Rodeo Drive

Am Rodeo Drive hat man ein Stück Italien nachgebaut. Es erstreckt sich über einen Häuserblock und ist etwa 300 Meter lang und 100 Meter breit. Vom Wilshire Boulevard führt ein steiler Aufgang in die Höhe. Der Komplex ist eine exakte Miniatur der Spanischen Treppe in Rom. Ein höchst merkwürdiger Einfall in der Stadt der Drive Ins, Drive Thrus und Drives Sonstwohin. Doch auf der anderen Seite schwingt sich das Kopfsteinpflaster sanft hinab und entlarvt das Trugbild. Selbstverständlich kann auch das letzte Stück mit dem Auto zurückgelegt werden.

In Wirklichkeit dient der riesige Block nur dazu, das noble Parkhaus zu verdecken. Unterirdische Strassenlaternen weisen den Weg zu geschäftigen Einparkern. Dort entledigt sich die Kundschaft ihrer Luxusfahrzeuge, geht durch die elegante Lobby und fährt mit einem Fahrstuhl nach oben. Schönheiten aller Altersklassen trippeln in dem Lift herum wie nervöse Rennpferde. Dabei blicken sie gegen Wände aus imitiertem Marmor.

Die Boutiquen mit den Nobelnamen sind leer. Im Inneren erwarten gelangweilte Lakaien kaufkräftige Moviestars. Oder solche, die sich dafür ausgeben.

Kreditkarten aller Institute werden angenommen. Doch seit vermehrt russischer Geldadel auftaucht, sind auch Barzahlungen nicht mehr ungewöhnlich. Selbst Ikonen erkennt man als Zahlungsmittel an.

Aber hier im Süden Kaliforniens, wo man zehn Monate des Jahres über ein warmes Klima verfügt, ist es nicht so wichtig, Pelzmäntel zu besitzen. Auch die Lammlederjäckchen verkaufen sich nur schleppend. Wie sich also unterscheiden? Die Lösung ist einfach. Eine Uhr muss her. Mindestens von Bulgari.

Der Kunde kann zwischen Zeitmessern wählen, die in dreihundert Jahren nicht eine Sekunde an Genauigkeit verlieren. Andere funktionieren auch in tausend Meter Meerestiefe noch einwandfrei. Gebannt folgt der einzige Interessent den Anpreisungen, obwohl er zuhause in seinem Pool nur schwer den geforderten Tiefgang erreicht. Es könnte auch eine funkgesteuerte Uhr sein, schlägt der Verkäufer vor. Nur dieses Verfahren garantiert an jedem Punkt der Erde ein exaktes Resultat.

Er verfällt in einen schwärmerischen Ton und lässt fast beiläufig ein Wunder der Feinmechanik in die Hand des Kunden fallen. Die Diamanten auf dem Kranz sind selbstverständlich und werden nur in einem Nebensatz erwähnt. Das kostbare Stück wiegt schwer und vermittelt die Illusion von Ewigkeit. Peinlich wird der Eindruck vermieden, die Zeit bewege sich ohne den Träger fort. Und doch wird das

Einzige, was Archäologen von dem stolzen Besitzer finden werden, seine Armbanduhr sein. "Wenn wenigstens ein Name eingraviert wäre!", werden sie ausrufen und das wertvolle Stück vom Staub befreien. "Aber es ist eindeutig eine Herrenuhr."

Wird noch ein Sender existieren, der einer Funkuhr Signale liefern könnte? Die Wellen werden sowieso nicht bis in acht Fuss Tiefe reichen: Aber es gibt sicher einen Trick, dass in das Testament eine Klausel kommt, wonach die Antenne auf dem Grab immer gewartet werden muss - statt Blumen, sozusagen.

Die lebenslange Garantie hilft ebenfalls nicht weiter, denn was ist damit gemeint? Das Leben des Eigentümers oder das der Uhr? Es bleibt eine Unsicherheit. Wenn die Uhr stehenbleibt, dann bleibt sie eben stehen. Ihr Leben ist zuende. Also auch die Garantie? Wer wird den Fall reklamieren? Wird es den Hersteller noch geben? Und wird man dann die Zeit noch brauchen?

Der Kunde verdrängt diese unpassenden Gedanken, zahlt mit einem dicken Bündel und lässt sich in die Ledersitze einer langen Limousine fallen. Er wird den nächsten Philosophen fragen, den er trifft. Obwohl eine solche Begegnung so unwahrscheinlich ist wie Regen im Juli - in einer Kulissenstadt wie dieser.

Trübsinnig schaut er durch die getönten Scheiben auf das gute Wetter. Nach einem leichten Wink für den Chauffeur rollt der Wagen durch die Palmenallee davon.

Der Mann auf dem Rücksitz fischt eine Havanna aus dem kleinen Humidor und knipst das Ende ab. Vielleicht sollte man doch für irgend etwas spenden, denkt er vor sich hin. Und sich mit einer Tafel aus Bronze Unsterblichkeit erkaufen.

Nur für alle Fälle.

Wolf DeVille
Dusties Geheimnis

Von Kingman aus schlängelt sich eine schlechte Strasse hoch in die Berge. Nach zwei Stunden Fahrt durch eine bizarre Mondlandschaft gelangt man in ein verstecktes Tal. Die kleine Stadt darin ist ausgestorben. Die meisten Einwohner haben ihr den Rücken gekehrt. Die Gebäude sind verfallen. Aber das kleine Gefängnis ist erhalten geblieben und der Galgen davor funktioniert noch heute. Schaudernd stecken die Besucher den Kopf durch die Schlinge. Nicht ohne dass sie zuvor den Mechanismus der Falltür genauestens untersucht haben.

Hier wurde der letzte Pferdedieb in Arizona aufgeknüpft, bevor die Gerichte dieses Monopol beanspruchten. Sehr zum Leidwesen der Bewohner, denn dieses Spektakel bot immer eine erfreuliche Abwechslung. Zwar bemüht sich heutzutage das Fernsehen um einen gleichwertigen Ersatz. Es liefert rund um die Uhr blutrünstige Bilder. Doch nichts ersetzt den direkten Eindruck. Und ausserdem sind sowieso fast alle Interessenten weggezogen, die von diesen Segnungen der Mediengesellschaft hätten profitieren können.

Eine Handvoll Indianer verkauft die üblichen Souvenirs. Nachgemachtes Silber und Handarbeiten aus Leder. Ansonsten gibt es keine weiteren Attraktionen bis auf den Schnapsladen. Unter dem Vordach sitzt ein alter Mann, der es nicht geschafft hat, mit den Anderen abzuhauen. Seine rissigen Hände sind schwarz vom Wühlen in der Erde. Der Alte heisst Dusty. Wie der Staub, der überall durch die Ritzen dringt.

Die Fremden nehmen die abgerissene Gestalt in die Mitte, machen ein paar Fotos und hören sich Dustys Geschichten an. Auf der anderen Strassenseite war der Saloon, erzählt er, mit einem Klavier, einem Spieltisch und Mädchen – das war das Beste. Schätze, wir hatten eine Menge Spass dort. Gut, ab und zu hat es einer übertrieben. Doch jeder wusste schliesslich, was ihm blüht. Er wirft einen vielsagenden Blick zu der Baracke, vor der der Galgen steht.

Zufrieden geben ihm die Touristen eine Dollarnote für diesen Bericht. Dann lassen sie die Geisterstadt hinter sich und entfernen sich in ihren Geländewagen. In ihr Fotoalbum werden sie ein Bild von der staubigen Hauptstrasse kleben, auf der sie stehen und auf Kommando lächeln. Auch Dusty lächelt, aber es sieht merkwürdig aus, weil er keine Zähne mehr hat.

Der alte Mann geht langsam entlang der unbefestigten Strasse zurück bis zu seinem Platz vor dem Liquor Store. Verstohlen fischt er ein altes Taschentuch aus der Hosentasche und wirft einen Blick hinein. Dann lässt er den Inhalt wieder verschwinden. Es sind nur ein paar unscheinbare Brocken. Der kleinste etwa so gross wie Dustys dreckiger Daumennagel. Doch wenn er den Stein an seiner Hose reibt, beginnt er zu glänzen.

Die Geschichte war unvollständig. Dusty hat etwas für sich behalten. Den wirklichen Grund, warum er hiergeblieben ist. Wegen einer Stelle, die nur er kennt und die er keinem verrät. Denn Dusty hat einen ungewöhnlichen Zeitvertreib.

Er erfreut sich am Glitzern von Gold.

Hot Dogs and the Constitution

Viele Besucher aus dem Rest der Welt sehen mit Verachtung auf die Fast Food Kultur der Amerikaner herab. Dabei gibt es trotz dieses Vorurteils durchaus lokale Spezialitäten.

Entgegen einer verbreiteten Meinung gibt es Hot Dogs nicht nur als Klassiker mit Senf und Zwiebeln. In Springfield, Illinois, kam ein findiger Unternehmer auf die Idee, Hot Dogs zu panieren und an einem Stiel zu verkaufen. Mittlerweile gibt es diese Variante in jedem besseren Lebensmittelladen. Das Ganze sieht beinahe aus wie Speiseeis und die Einheimischen sind mit Recht stolz auf diese uralte Tradition, die bis in das Jahr 1925 zurückreicht. Das Etablissement war einmal die einzige Attraktion des Ortes. Nachts wurden auf dem Parkplatz neue Ehen eingefädelt und bestehende vollzogen. Viele der älteren Bewohner können sich deshalb noch genau an ihren ersten Hot Dog erinnern.

Auch die Anfänge von Pink's Dog an der Ecke von La Brea und Melrose Avenue waren bescheiden. Ursprünglich gab es nichts weiter als einen fahrbaren Verkaufsstand. Heute ist der Laden eine Institution. Fünf Angestellte verkaufen die Würstchen in allen

Kombinationen, die der Kühlschrank hergibt. Selbst die ungewöhnliche Kreation von Hot Dogs mit Avocadocreme wird von den Kunden geschätzt. Sie verbindet amerikanische und mexikanische Speisetradition in harmonischer Weise. In der Lunchpause kommen auch Berühmtheiten aus den nahen Filmstudios herüber in den kleinen Verkaufsraum. Ihre Portraits zieren die Wände. Sogar Orson Wells ist darunter. Die Abbildung zeigt ihn mit einem Hot Dog in der Hand. Er hält den Rekord, denn er hat es geschafft, in einer einzigen Mittagspause 18 der kleinen Würstchen zu sich zu nehmen.

Denkt man an Hot Dogs, kommt man auch an Van Nuys nicht vorbei. Diese Fortsetzung von Los Angeles liegt fast in Sichtweite von Pink's - wenn man die Hollywood Hills wegdenkt. Um sie herum der gleiche horizontale Stadtbrei wie überall.

Von Downtown Los Angeles bis zur Grenze der umgebenden Gebirge eine ununterbrochene Folge von Kreuzungen, Plakaten und gesichtslosen Ladenzeilen. Dawischen ein gnadenloser Wettbewerb der verschiedensten Schnellimbissketten. Hamburger in der Minimalversion bis zu riesigen Gebilden, die nur noch von Fachleuten zerlegt werden können. Gigantische Klimaanlagen blasen eiskalte Luft in die niedrigen Gebäude und über das infantile Inventar. Schwarz getönte Scheiben trennen die Gäste von der Wirklichkeit und lassen die Umgebung so dunkel erscheinen, als stünde der Untergang der Welt unmittelbar bevor.

Doch in Van Nuys findet man entgegen aller Erwartungen die erstaunlichste Ausprägung der Hot-Dog-Bewegung. Denn vor der imposanten Kulisse der San Fernando Mountains steht eine Baracke mit dem Firmenschild "Law Dog". Die handgemalte Reklame lässt keinen Zweifel daran, dass im Inneren des unscheinbaren Ladens Würstchen des Gesetzes erworben werden können. Der "Police Dog" mit Chilies zum Beispiel, der Liebling der Motorradstreifen. Oder der "Judge Dog" mit einer Extraportion scharfem Senf.

Den Grund für den seltsamen Namen des Strassenverkaufs erfährt man jeden Mittwochabend. Denn dann berät Jesus Ramirez diejenigen, die beim täglichen Kampf um die vorderen Plätze zu kurz gekommen sind. In einer langen Schlange wartet die Kundschaft auf einen kostenlosen Law Service über die Theke. Hinterher verzehren die Mandanten eine Kleinigkeit und verlassen zufrieden die ambulante Kanzlei. Jesus ist nicht nur Rechtsanwalt. Er ist auch Unternehmer und bekommt einen Anteil am Verkauf. Deshalb freut er sich und vertilgt einen weiteren "Law Dog" auf Kosten des Hauses. "Es gibt zwei Dinge, die Amerika ausmachen", sagt er mit Nachdruck und öffnet eine weitere Dose Bier:

"Hot Dogs and the Constitution."

Wolf DeVille
The Preacher

Reverend Davis war auf der Höhe seines Erfolges. Jeden Abend füllte er grosse Hallen mit Tausenden von Gläubigen. Seine Spezialität war es, Einzelne aus der Menge herauszugreifen und mit ihrem Namen anzusprechen. Er packte sie an der Schulter, zog sie an sich und schaute ihnen tief in die Augen. Dann nannte er die Krankheit des Betreffenden und versprach rasche Heilung. "Bekenne Deine Sünden", rief er, "Du bist nicht allein! Wir alle sind schwach! Doch wenn Du Deine Fehler zugibst, wird Gott Dir verzeihen. Meine Kirche wird Dir helfen. Geh' nach Hause und bessere Dich." Die Gläubigen waren wie vom Blitz getroffen.

Der Reverend stelzte durch den Saal, schüttelte den Nächsten und brachte ihn mit Donnerstimme auf den Weg der Tugend zurück. Die Spenden der Reuigen füllten seine Konten und sein Ansehen wuchs. Auf einer grossen Leinwand war er auch in der hintersten Reihe zu sehen und eine gemeinsame Energie erfüllte seine Anhänger. Manche fühlten sich schon auf dem Weg in die Halle deutlich besser.

Eines Tages passierte ein Missgeschick. Ein Zweifler hatte ein Richtmikrophon benutzt und etwas Merkwürdiges festgestellt. Schon bevor sich der Prediger an eine Person wandte, konnte man über das Mikrophon zwei Dinge hören. Den Namen des Geplagten und sein spezielles Leiden.

Auf der Suche nach der Ursache des Phänomens wurde vor der Halle eine Frau mit einem Funkgerät angepeilt. Es stellte sich heraus, dass sie über einen Minisender mit dem Reverend verbunden war. Sie hatte ihm über einen Knopf im Ohr die Daten übermittelt, die seine Anhänger zuvor auf Fragebögen eingetragen hatten.

Für eine Weile folgten ihm die Gläubigen noch, dann wurden die Reihen leerer. Eine Anzahl von Prozessen begann, denn die Betrogenen wollten ihr Geld zurück. Schliesslich meldete der Reverend Konkurs an. Ihm blieb wenig mehr, als er am Leib trug und eine Busfahrkarte.

Er soll jetzt im Süden als Tankwart arbeiten, heisst es.

Wolf DeVille
Der Herr der Stürme

Der alte Mann war in dem grünen Sofa der Universitätsbibliothek versunken. Eine kleine Messinglampe gab von der Seite gerade soviel Licht, dass es zum Lesen ausreichte. Für die Angestellten war er ein vertrauter Anblick, denn das Institut war über die Jahre fast zu seiner zweiten Heimat geworden. Auch die Wochenenden verbrachte der grauhaarige Junggeselle in den langgezogenen Sälen inmitten von Abhandlungen über Wetterphänomene und Türmen von Nachschlagewerken über alle Arten von Unwettern. Voller Respekt nannten ihn die Kollegen den "Herrn der Stürme", denn es gab keine Spur eines Hurrikans seit Mitte des letzten Jahrhunderts, die er nicht sorgfältig rekonstruiert hätte.

Als die junge Assistentin an diesem Juniabend das Licht ausmachen wollte, trat sie vorsichtig heran, um den Eingeschlafenen zu wecken. "Señor Ortega, ich muss jetzt Schluss machen!" Der Angesprochene gab keine Antwort mehr, denn er war bereits vor Stunden an Herzversagen gestorben ohne dass irgend jemand davon Notiz genommen hätte.

Der Verstorbene war aus Kuba in die USA gekommen und hatte sich bald als Spezialist für Stürme einen

Namen gemacht. Seine Arbeit als Wetterforscher erlangte allgemeine Anerkennung und lieferte interessante Aufschlüsse über die Gesetzmässigkeiten schwerer Naturkatastrophen, wie sie im Herbst regelmässig den Süden der USA heimsuchen. Schon als Kind hatte er sich für nichts anderes interessiert als für Wettererscheinungen. Seine Spielkameraden liessen ihn bald links liegen, denn für Fussballspielen hatte er so wenig übrig wie für die gelegentlichen Ausflüge zur Zigarrenfabrik, wo der Bruder eines seiner Freunde arbeitete. Manchmal verschaffte er ihnen ein Fehlexemplar aus der Produktion, das sie dann an einem geheimen Ort wie eine Friedenspfeife pafften. Solange bis ihnen schlecht wurde.

Weil keine Angehörigen vorhanden waren, die Ansprüche auf den Leichnam des Verstorbenen geltend machten, hätte er aller Wahrscheinlichkeit nach in einem Armengrab seine letzte Ruhe gefunden, wäre nicht seinen Kollegen vom National Hurricane Center eine Idee gekommen.

"Er hat was besseres verdient, als dass seine Asche in einer Nische vergammelt'" sagte sein Freund Timothy Tripp. "Wir sollten ihn dahin bringen, wo seine Gedanken immer waren", fuhr er bedeutungsvoll fort. Und die anderen wussten sofort, was er meinte.

Über mehrere Wochen wurde kein passender Sturm gemeldet und es war fast so, als ob die Unwetter aus Mangel an Beachtung durch Daniel Ortega einfach

50

ausgeblieben wären. Aber am Morgen des 30. August raste ein paar Hundert Meilen vor der Küste Floridas "Danielle" dahin. Ein Hurrikan, der sich rasch zu einer Grössenordnung entwickelte, die der Bedeutung des toten Wissenschaftlers entsprach. An Bord des Wetterflugzeuges des Typs P-3 Orion, das dem Sturm folgte, waren die engsten Freunde und Kollegen und natürlich der Verstorbene selbst, dessen sterblichen Überresten dieser letzte Flug gewidmet war.

Die P-3 Orion ist ein robustes Fluggerät, das es sogar erlaubt, mitsamt einer Beobachtungskamera in das Auge des Sturmes hineinzusteuern. Der Pilot überflog die Gewitterzone in der nassen, äusseren Hülle des rotierenden Wolkenhaufens und liess sich dann in das Auge des Sturmes fallen, wo eine majestätische Ruhe herrschte. Deshalb hatte die Zeremonie die gleiche würdige Stimmung wie ein Gottesdienst in einer stillen Kirche.

Timothy Tripp ergriff das Wort und sprach noch ein paar Worte zum Gedenken an den toten Freund. Dann öffnete er einen kleinen Stoffsack und stellte die Urne hinein. Gemeinsam verschlossen sie den Beutel wieder und liessen ihn durch eine Klappe nach unten fallen.

Eine Reissleine entfaltete einen der kleinen, bunten Fallschirme, an denen sonst Beobachtungssonden in einen Hurrikan abgeworfen werden. Die Bewegung des Schirms wurde durch den Ruck verlangsamt und der Beutel verharrte für einen kurzen Moment in der Luft, wie wenn er so lange wie möglich die Aussicht auf das Schauspiel geniessen wollte. Dann segelte Daniel Ortega schräg in das Zentrum des Sturmes hinab, während der Pilot des Flugzeuges die Geschwindigkeit erhöhte, um der gigantischen Spirale nach oben zu entkommen.

"Ruhe in Frieden", sagte Timothy mit einem letzten Blick auf den winzigen bunten Punkt. Bevor der Sturm den Fallschirm verschlang und seinen neuen Begleiter auf die Reise über den Atlantik mitnahm.

Micky lebt

Irgendwann landet jeder in Disneyland. Das Areal ist kleiner als erwartet, etwa die Fläche von drei Baseballfeldern. Unzählige Kinder sind hypnotisiert, angezogen von dem Kindchenschema der Figuren, den grossen Augen und den lachenden Gesichtern. Die Erwachsenen halten sich zunächst zurück, doch nach einer Weile haben auch sie die Welt da draussen vergessen.

Das Innere eines Restaurants entpuppt sich als ein Platz in den Südstaaten. Es ist Nacht. Vor der hohen Kulisse eines spanischen Herrenhauses spielt eine Kapelle sanfte Gitarrenmusik. Im Himmel leuchten bunte Lampions. Boote ziehen leise durch die dunklen Sümpfe, begleitet von dem Gequake unzähliger Frösche. Schwarze Stollen führen hinab zum Tempel des Todes. Das Labyrinth versteckt die wahre Länge der Besucherschlange. Denn an den Wochenenden warten Tausende auf die begehrte Fahrt mit dem Jeep, um damit durch ein Tunnelsystem zu rasen. Vorbei an Hindernissen stürzt der Wagen ins Dunkel, geführt von einem unsichtbaren System, das das Schlimmste verhindert. Am Ende entgehen die Passagiere nur knapp dem Desaster.

Kein Papierschnipsel liegt herum, die Stapel von Styroporbechern und Papptellern verschwinden in den unterirdischen Gängen, durch die das Personal zu den Einsatzorten eilt. Die Eingänge liegen geschickt getarnt hinter Pappfelsen und Sträuchern; die Türen unterscheiden sich in nichts von der Umgebung.

Am Splash Mountain gleiten Einbäume einen Fluss entlang. Anfangs ist es eine ruhige Fahrt durch Grotten und Höhlen, doch die Strömung wird schneller, ein Rauschen kündigt einen Wasserfall an und das Boot stürzt fast zehn Meter senkrecht in eine Schlucht. Erst nach der Fahrt bemerken die durchnässten Passagiere, dass eine versteckte Camera den Fall festgehalten hat. Für zwölf Dollar kann man den Schnappschuss erwerben.

Eine Quelle des Vergnügens haben Walt und sein Bruder nicht eingeplant.

Splash Mountain ist der Treffpunkt der Zeigefreudigen. Bei jedem Sturz werden Blusen hochgerissen und Brüste festgehalten. Mechanisch dokumentiert die Kamera die verbotenen Ereignisse, obszöne Störungen in einer geschlechtslosen Welt. Die Fotos werden sofort zensiert, ein Verkauf ist undenkbar. Doch irgendwie finden die Aufnahmen den Weg nach draussen, wo sie in den Datennetzen wieder auftauchen und ein unerwartetes Eigenleben entwickeln.

Sie werden auf einer eigenen Webseite ausgestellt, die Betreiber triumphieren über die Zensur, Kommentare sind ausdrücklich erbeten. Über einen Querverweis gelangen die Besucher zu Anna aus Detroit, denn auch Anna hat ein spezielles Verhältnis zu Kameras. In ihrer Wohnung dokumentiert die Annacam jede Bewegung, aufmerksam verfolgt von Beobachtern aus aller Welt. Anna vermarktet sich selbst. Neben der Annacam gibt es Annapix, Annatomie und ein Annagram, die Veröffentlichung der Anna CD steht unmittelbar bevor.

Selbst die Fernsehstationen zeigen Interesse. Der Sender ABC möchte ein Interview, doch da gibt es einen Konflikt auf höchster Ebene, der die Ausstrahlung in letzter Minute verhindert. Disneyland und ABC gehören zum gleichen Konzern.

Micky lebt.

Wolf DeVille
Eddy. Population 208

Neben dem Schnellrestaurant am Ortseingang stand noch vor einigen Jahren ein anderes Schild, das den Namen und die Bevölkerungszahl des Ortes angab: "Eddy. Population 208."

Den Honoratioren von Eddy erschien der Name aufgrund der gewachsenen Bedeutung des Fleckens nicht mehr angemessen. Auf der Suche nach einer neuen Bezeichnung wurde man schnell fündig und liess ein neues Schild herstellen. Es trägt den klangvollen Namen „Carlsbad".

In der Nähe von Carlsbad verschwindet der Besucher über einen Fahrstuhl in einem unübersehbaren Netz verborgener Tropfsteinhöhlen, die sich tief unter der Erde öffnen wie riesige Dome. Der Betrachter irrt durch ein System von Gängen und erreicht immer neue, gewaltigere Hallen. Am Ende des Rundgangs besteht die Möglichkeit, in einem unterirdischen Restaurant aus Beton und Stahl eine Mahlzeit zu verzehren, bevor die Fahrstühle wieder das Tageslicht erreichen.

Die Höhle steigt an ihrem Wurmfortsatz stetig an wie der Schacht eines Brunnens und erweitert sich trichterförmig bis zur Erdoberfläche. Die eigentliche

Attraktion ist das halbrunde Amphitheater am Ende des Trichters. Dort öffnet die Höhle ihr grosses Maul für die Schaulustigen, die gespannt in der Abenddämmerung warten. Sobald die Sonne untergeht, steigt etwas aus der Tiefe empor. Wie eine dicke schwarze Wolke erheben sich Millionen von kleinen Fledermäusen in die Luft, huschen zirpend an den Zuschauern vorbei und verdunkeln den Himmel. Erst am Morgen werden sie von der Jagd aus den umliegenden Tälern zurückkehren und den Tag kopfüber in der Höhle verdauen.

Die Tiere orientieren sich nicht an den roten und blauen Linien, ohne die die Besucher chancenlos wären. Schilder warnen davor, die Hauptwege zu verlassen, denn schon wiederholt wurde das verwirrende System Neugierigen zum Verhängnis, die sich auf eigene Faust vorwagten. Noch heute sind grosse Teile der Höhle unerforscht. In versteckten Gängen vermodern die Gebeine von verirrten Viehdieben und Touristen. Sie sind nur durch eine Kleinigkeit auseinanderzuhalten.

Die verblichenen Touristen erkennt man an den Überresten moderner Wegwerfkameras.

Wolf DeVille
That's Baseball

Zu Beginn fand ich Baseball einfach. Drei Spieler stehen unbeweglich und starren in die Kamera. Wie bei einem Klassenfoto. Der erste Spieler trägt einen Helm, der Zweite schwingt einen dieser schweren Baseballschläger, die mittlerweile bei Prügelkolonnen aller Kulturen zur festen Ausstattung gehören. Hinter den Beiden steht ein Dritter, der ständig versucht, zwischen ihnen hindurchzuschielen. Dieser und der mit dem Helm sind unbewaffnet.

Für die Kamera unsichtbar wirft jemand von aussen einen Ball herein. Der Spieler mit dem Knüppel trifft den Ball, der daraufhin in hohem Bogen aus dem Stadion fliegt. Die Stimme des Stadionsprechers überschlägt sich, alle sind glücklich über einen "Home Run" und das Spiel ist aus.

Schwierig zu verstehen war eigentlich nur das Wort "Home Run", denn es war niemand heimgerannt. Die drei Spieler verharrten auf Ihren Plätzen.

Die Regeln sind aber komplizierter. Eines Tages zeigen sie das Spielfeld von oben. In einer Ecke steht die Dreiergruppe, doch es gibt auch eine Anzahl von weiteren Spielern, die nichts zu tun haben, ausser sich über den "Home Run" zu freuen. Es wird deutlich,

dass die Mannschaft grösser ist, als es die Kamera-
einstellung zunächst vermuten liess.

Manche Athleten tragen Balletthosen, andere Helme,
die das rechte Ohr bedecken. Plötzlich fangen sie an,
nach einem komplizierten System hin- und
herzurennen. Es entsteht der Eindruck, dass sie den
Überblick verloren haben, weil sie rechts nichts mehr
hören können. Der Sprecher ist nicht mehr zu halten.

Ein Teil des Publikums stopft aus grossen Eimern
Popcorn in sich hinein. Andere haben ein paar Dosen
Bier mitgebracht, das sie aus braunen Tüten trinken.
Es gibt auch Fernglasattrappen im Zubehörhandel, die
man mit Alkohol füllen kann, ohne dass es die Ordner
bemerken. Jedenfalls werden die Zuschauer schläfrig
davon und reden über das Wetter oder ein anderes
Baseballspiel. Gerade gab es einen tollen Spielzug, der
aber nicht zuende gebracht werden kann, weil der Ball
einen Zuschauer getroffen hat. Immerhin gibt es dafür
einen Punkt. Selbstverständlich gibt es auch
Schiedsrichter.

Sie halten sich aber aus Angst vor dem Baseballschläger weitgehend zurück.

Wolf DeVille
Die grünen Riesen

Der Wind bläst mit dreissig Meilen die Stunde an dem Baumhaus vorbei. Tendenz steigend. Im Inneren ist die Gruppe von Baumwächtern so dicht zusammengerückt, wie es irgendwie geht. Sie sitzen unter einer grünen Zeltplane auf einer dünnen Scheibe, die um den Baum herumführt. Schwere Bolzen, zu denen dicke Hanfseile hinauflaufen, ragen hoch oben aus der zerfurchten Rinde und sollen die Unterlage halten. Die Vorräte müssen für einige Zeit reichen, denn der Wald ist hermetisch abgeriegelt. Ein klagender Ton erfüllt die Luft und zerreisst fast die Trommelfelle.

Die Plattform hängt gute achtzig Meter über dem Erdboden wie der Ausguck eines Segelschiffs. Es gibt nur einen Baum in Kalifornien, der diese Höhe erreicht. Es ist ein Sequoia, das grösste Landlebewesen der Erde. Sein Stamm ist so dick wie ein Fernsehturm.

Bill hofft, dass die Seile halten. Er liebt diese alten Bäume, die Jahrtausende brauchen, um zu wachsen. Wenn es ganz still ist, kann er ein leises Rauschen hören. Jede Minute saugt der Mammutbaum Hunderte von Gallonen Wasser nach oben. Brände können ihm nichts anhaben, denn die Rinde widersteht dem Feuer.

Man könnte mit dem harten Holz ein Vermögen machen. Wenn die Kolosse nicht geschützt wären.

Wie alle Riesen haben sie eine schwache Stelle. Ihre Wurzeln sind flach. Wenn ringsherum die kleineren Bäume entfernt werden, lockert sich die Erde. Dann ist es nur noch eine Frage der Zeit, bis die Giganten unter ihrem eigenen Gewicht zur Seite stürzen. Jemand hat bereits alle Vegetation der Umgebung entfernt und wartet.

Die mächtige Lobby der Holzbarone schickt ihre Kundschafter. Zwei Helikopter nähern sich mit hoher Geschwindigkeit und halten sich so tief, dass sie fast die Blätter streifen. Mehrmals pro Stunde umkreisen sie die Lichtung wie fette Fliegen.

Die Taktik der akustischen Zermürbung ist nicht neu, aber wirkungsvoll. An den Maschinen hängen rechts und links schwarze Kästen, aus denen ein langer, tiefer Ton dringt, der sich sich bis zur Schmerzgrenze aufbaut und über dem grünen Dach hängenbleibt. Die Gruppe in dem Baumhaus verharrt bewegungslos in ihrer Position bis die Hubschrauber abdrehen und in der Ferne verschwinden. Für einen Moment bleibt der fremde drohende Ton noch über dem Wald stehen. Man hört ihn sonst nur an den Küsten.

Auch dort kommt er aus Nebelhörnern.

Wolf DeVille
Oscar Night

Die letzten Staubsauger fahren über die roten Teppiche, bevor der ganze Zirkus losgeht. Es ist soweit. Der wichtigste Abend Hollywoods steht unmittelbar bevor. Noch stehen die Statuen der Oscars in einem streng bewachten Hinterzimmer, aber schon in wenigen Minuten werden die ersten Stars versuchen, ihre Preise abzuholen und an den kreischenden Fans vorbeizukommen. Viele der Autogrammjäger harren schon seit Tagen in der Nähe der Eingänge aus. Ausgestattet mit Schlafsäcken und heissen Getränken.

Man hat die Veranstaltung auf den frühen Abend gelegt, damit die Zuschauer an der Ostküste nicht bis nach Mitternacht warten müssen. Es wird ein langer Abend werden. Die Reden sind immer gleich, denn die Stars möchten sich bedanken. Bei ihrem Regisseur, dem Kameramann, ihrem Agenten, dem Beleuchter, dem Maskenbildner und ihrem Grossvater mütterlicherseits. Es gibt bereits Überlegungen, die Treppe zur Bühne steiler zu bauen. Das hätte den Vorteil, dass die Ausgezeichneten keine Luft mehr hätten, wenn sie das Mikrophon erreichen. Die Lobreden würden dadurch so kurz, dass es sogar noch möglich wäre, einen zusätzlichen Werbeblock auszustrahlen.

Längst geht es nicht mehr um die Filme. Designer und Starjuweliere haben ihre Chance genutzt. Die Prominenten sind mit Schmuck behängt wie Weihnachtsbäume. Die versammelten Reporter interessieren sich gar nicht für die Namen der Schauspieler. Die Garderobe ist entscheidend. Namen von Modeschöpfern. In der Frühzeit der Zeremonie soll es noch vorgekommen sein, dass eine Schauspielerin im Rollkragenpullover erschien. Heutzutage würde sie in diesem Aufzug schon festgenommen, bevor sie den Saal erreicht.

Im Backstagebereich steht Britney Spears und versucht, gelangweilt auszusehen. Genauer gesagt ist es ein Lookalike. Sandy Miller ist ein Double von Britney und hat alle CDs von ihr, die jemals in irgendeinem Winkel der Welt veröffentlicht wurden. Tonnen von Fanartikeln verstopfen seine kleine Wohnung. Irgendwann kam er auf die Idee, mit viel Make Up und einer blonden Perücke in die Rolle seines Idols zu schlüpfen. Die Aufmachung ist so echt, dass er die Jury des Talentwettbewerbs sofort überzeugt hat. Sie haben noch nicht einmal gemerkt, dass Sandy gar kein Mädchen ist.

Der Preis der Endausscheidung war ein Backstage Ticket zur Oscar Night. Sandy hat sich vorgenommen nicht zu stören und nach Möglichkeit die Klappe zu halten. Doch ein Fernsehteam ist auf der Suche nach Sensationen und bringt den Transvestiten sofort auf den Schirm. Sowohl die Fragen als auch die Antworten sind immer gleich. Deshalb bemerkt zunächst niemand den Unterschied zwischen Original und Fälschung.

Vor der Halle hat gerade ein Verrückter die Absperrung umfahren. Aber das ist überhaupt kein Problem für eine Traube von zwanzig Bodyguards mit Walkie Talkies und verdächtig ausgebeulten Anzügen. So einen essen sie zum Frühstück. Der Mann wird überwältigt und medienwirksam abgeführt. Die Feier im Inneren wird durch den Zwischenfall nicht beeinträchtigt.

Einer der Preisträger muss gerade die Standardfrage beantworten, was er jetzt fühlt. Er antwortet wahrheitsgemäss, dass die Trophäe schwerer ist, als er annahm. Die Reporterin weint ihm keine Träne nach, denn sie muss den nächsten Prominenten befragen, was ihm durch den Kopf geht. Und sie wird die gleiche tiefgründige Antwort bekommen. Die Statue ist schwerer als man denkt.

Hinter der Bühne erscheint Britneys Verleger. Er hat die echte Künstlerin zur Halle begleitet und ist völlig von den Socken. Es kommt zu einer unschönen

Szene, als er versucht, Sandys Perücke abzureissen. Doch Sandy zieht ihm mit ihrer Handtasche einen schönen Scheitel. Die Situation droht zu eskalieren, weil der Mann die Entfernung der Schlampe verlangt. Sandy weigert sich. Immerhin hat sie den Doppelgängerwettbewerb gewonnen. Sogar fair. Die Filmcrew dreht begeistert mit, als die Security die beiden Streithähne zu trennen versucht.

Die Auseinandersetzung hat Folgen. Auf der linken Gesichtshälfte des Verlegers sieht man einen hässlichen Abdruck der Tasche, weshalb sein Hofstaat auf der Suche nach Eisbeuteln davoneilt. Natürlich schlagen sich die Ordner auf die Seite des Mächtigeren und setzen Sandy kurzerhand vor die Tür. Unbeachtet von den Fans steht sie mit abgebrochenen Absätzen im Hinterhof des Gebäudes. Zwischen Mülleimern und weggeworfenen Plastikbechern. Dann heult sie eine Runde und feuert die blonde Perücke in eine Ecke. Dort bleibt das gute Stück liegen wie eine tote Katze.

Nie mehr wird Sandy auch nur an Britney denken. Er wird nach Hause gehen, alle Poster abreissen und die Wohnung komplett renovieren. Neue Farbe, neue Fanartikel, alles neu. Mit Britney ist er fertig.

Ab morgen geht er als Ginger Spice von den Spice Girls.

Wolf DeVille

Tombstone

Schon der Campingplatz bereitet den Besucher auf die Stadt vor. Gefühlvoll hat der Platzwart jeden Stellplatz mit einem kleinen Grabstein versehen. Die jeweilige Nummer steht unter der Zeile R.I.P. - Ruhe in Frieden.

Von Ruhe konnte in der turbulenten Geschichte der Stadt keine Rede sein, und von Frieden schon gar nicht. Zu gross war der Reichtum, den die umliegenden Silberminen nach Tombstone brachten, als dass nicht möglichst viele davon profitieren wollten. Noch heute werden tausende von Schaulustigen von der berühmten Schiesserei zwischen Wyatt Earp und den Clanton Brüdern angezogen. Die Bewohner kommen kaum dazu, ihre Kostüme auszuziehen, denn die Touristen wollen das Duell noch einmal hautnah miterleben und danach die Aufregung in dem Saloon an der Hauptstrasse begiessen.

Auf dem steilen Hügel am Ortsausgang liegt ein kleiner Friedhof mit einem hübschen Holzzaun. Die einfachen Grabmale liefern beredte Zeugnisse aus der Zeit der Gewalt. Ein natürliches Lebensende war die Ausnahme und wird bei Wenigen lobend erwähnt. Die

Meisten ereilte der schnelle Tod in der Blüte ihrer Jahre. Die Inschriften lassen auf hitzige Auseinandersetzungen schliessen, die mit Messer und Pistole geführt wurden. Erst hinterher wurde nach der Ursache gefragt. Leider traf es in der allgemeinen Nervosität nicht immer die Schuldigen. Der Mob aus Bisbee lynchte ohne lange Gerichtsverhandlung einen Pferdedieb, dessen Unschuld sich erst herausstellte, als man den Verkäufer des Tieres fand.

Selbstverständlich waren alle peinlich berührt von dem Vorfall und beauftragten den Pfarrer, den Verstorbenen durch einen Vers auf dem Grab zu ehren. Herausgekommen ist ein Werk von zarter Poesie:

"He was right. We were wrong. Now he's gone."

Wolf DeVille
No Shoes, No Shirt, No Service

Dennis Raines ist deprimiert. Für einen Meteorologen gibt es nichts schlimmeres als Los Angeles. In jeder Sendung der gleiche Vortrag. Das ganze Studium hat er sich mit den kompliziertesten meteorologischen Konstellationen herumgeschlagen. Mit Schneestürmen, Kaltfronten, Tornados und unzähligen anderen Katastrophen. Was sollte er tun? Mit dem Namen konnte er eigentlich nur Wetteransager werden.

In Los Angeles interessiert sein Wissen niemanden. Der grösste Vollidiot kann von April bis November das Wetter vorhersagen. Sonne, Sonne, Sonne. Worte wie Winterreifen oder Aquaplaning sind praktisch unbekannt.

Manchmal freut sich Dennis. Dann wirft er sich vor der Wetterkarte in Positur und erklärt einen Erdrutsch. Oder frühe Nebelfelder am Meer. Auch wenn Wolken aufziehen, wartet Dennis gespannt auf seinen Auftritt. Denn schon für ein paar Regentropfen werden alle Sendungen unterbrochen. Die Autofahrer sind abgestumpft und müssen sofort auf die Gefahr hingewiesen werden. Die meisten trifft der Niederschlag völlig unvorbereitet. Sie halten an der rechten Seite, steigen aus und versammeln sich vor den wenigen Notrufsäulen. Die Wischerblätter in Los Angeles sind nutzlos, weil sie in der Sonne vertrocknet sind. Viele stammen noch aus der Frühzeit des Automobils.

Gut, denkt Dennis, ab und zu gibt es auch ein Erdbeben. Doch das ist kein Exklusivthema für die Wetternachrichten. Das gesamte Team darf darüber reden – sogar der Sportexperte.

Dennis Anzüge sind nach Mass gearbeitet. Er ist immer perfekt angezogen. Doch leider gilt das nicht für alle Bewohner dieser Stadt. Das gute Wetter verdirbt die Sitten. Die Leute tragen seit Generationen nur das Nötigste. Oft reicht es gerade dazu, die Blösse zu bedecken. Viele Restaurants und Geschäfte haben etwas gegen diese nachlässige Kleidung. In diesem Fall entfällt das Recht auf Bedienung. Das Motto ist eindeutig. No shoes, No shirt, No service. Keine Ausnahmen.

Zum Glück achtet die Polizei in Strandnähe streng darauf, dass niemand durchdreht und sich ohne Badekleidung sonnt. Kinder müssen unbedingt vor diesem Anblick geschützt werden. Besonders fehlende Oberteile von Bikinis fordern die Beamten heraus.

Interessanterweise beklagen sich nicht alle Unternehmer über halbnackte Gäste. Einer hat sogar ein umgekehrtes Problem. Der Aufzug seiner Kundschaft ist zuweilen mehr als korrekt. Ein Schild am Eingang fordert dazu auf, überflüssige Kleidungsstücke abzulegen. Besonders Skimasken sind unerwünscht. Auch mitgebrachte Waffen sollten zuerst entladen werden. Nur um Missverständnisse zu vermeiden. Denn der Hinweis hängt vor Rudy's Gun Shop.

Und Rudy nimmt es sehr genau damit.

Wolf DeVille
Die Jäger der Hurrikane

Der Passatwind transportiert einen kleinen Luftwirbel aus Afrika bis in die Gegend nördlich des fünften Breitengrades. Gierig und durch die Erdrotation begünstigt saugt der Wirbel feuchte, atlantische Meeresluft in sich hinein. Langsam beginnt er damit, sich gegen den Uhrzeigersinn um ein Auge zu drehen. Der riesige Kegel gewinnt an Kraft und zieht immer neue Wassermassen empor. Die Meteorologen sind bei F angelangt und nennen den Hurrikan Frederic. Er treibt Wellen vor sich her, die so hoch sind wie Häuser. Als die Flutwelle die Küste erreicht, überspringt sie die wenigen Dämme und reisst die ersten Gebäude in der Mitte entzwei.

Nicht alle verstecken sich in den Schutzräumen. Eine kleine Gruppe folgt den Stürmen überallhin. Es sind die Jäger der Hurrikane.

Die Jäger haben den Sturm seit Tagen erwartet. Sie verfolgen seinen unberechenbaren Verlauf in den Nachrichten und fahren ihm an der Küste entgegen. Auf den Pickups sind die Kameras aufgebaut wie bei einer Grosswildsafari.

Brüllend reisst Frederic eine Schneise der Verwüstung in die Landschaft, enthauptet das Schild der Tankstelle und lässt Plakatwände zersplittern. Der Hurrikan packt die Zapfsäulen und reisst sie mit einem Knirschen aus ihrer metallischen Verankerung. Die Bolzen werden so schnell wie Geschosse, durchschlagen surrend die Türen eines verlassenen Lieferwagens und bohren sich tief in die Eingeweide der Vordersitze.

Am Horizont sehen die Jäger den Wirbel durch ihre Objektive; seine Kraft ist ungebrochen. Er fegt durch die Allee und lässt eine Reihe von abgeknickten Stümpfen zurück.

Plötzlich wechselt der Sturm die Richtung, als ob er die Jäger erkannt hätte. Schnell wie ein Flugzeug rast er auf die Gruppe zu. Die langsamen Lastwagen sind chancenlos. Sie drehen auf der Stelle und fliehen, so schnell sie können, doch die flache Landschaft bietet keinen Schutz. Einer der Pickups wird in der Eile abgewürgt, seine Insassen schaffen es gerade noch, in eines der anderen Fahrzeuge zu springen. Minuten später erreicht der Verfolger den zurückgebliebenen Wagen und wirbelt ihn durch die Luft wie ein Stück Papier. Dann verliert er seinen Spass an ihm und lässt ihn fallen. Der Torso kracht durch das Dach einer Scheune und bleibt auf dem Rücken liegen wie ein toter Käfer.

Die Jäger flüchten mit durchgetretenem Gaspedal in Richtung der nächsten Ortschaft. In den Rückspiegeln dreht sich der schwarze Luftwirbel; der dunkle Trichter hinterlässt sein Autogramm in dem aufgewühlten Boden. Die Fahrer erkennen, dass sie es nicht mehr schaffen werden.

Unter der Autobahnbrücke springen die Jäger aus ihren Fahrzeugen und laufen die Böschung hinauf, bis sie den Punkt erreicht haben, wo die Schräge mit der Unterseite der Fahrbahn zusammentrifft. Wie Schwalben kleben sie still an der Wand und warten. Wütend stösst Frederic die Autos von der Fahrbahn und tobt an der Brücke vorbei. Die Gruppe hat Glück, der Sturm erreicht den versteckten Winkel nicht.

Als der Lärm verebbt ist, verlassen die durchnässten Jäger ihr Versteck und ziehen Bilanz. Von den fünf Pickups sind nur noch zwei übrig. Der Rest ist in Schrottklumpen über die Landschaft verteilt. Einige Autoreifen werden Meilen entfernt gefunden. Dennoch ist der Anführer überglücklich. "Es war grossartig", sagt er und verabschiedet sich, weil er sonst Ärger bekommt.

Seine Frau wartet schon mit dem Abendessen.

Wolf DeVille
London Bridge

Die London Bridge schwingt sich in mehreren eleganten Bögen über den Fluss. Seit ihrer Errichtung im Jahre 1831 sind Fuhrwerke über sie hinweggezogen, später hunderttausende von Autos und ungezählte Fussgänger. Sie hat ihren festen Platz in der Literatur und englische Kinder kennen sie aus ihren Reimen.

Um sie herum hat sich scheinbar nichts verändert. Kurz nach Sonnenuntergang werden die Gaslaternen angezündet. Die Brücke ist dann hell erleuchtet und meilenweit zu sehen. In den Tavernen entfaltet sich ein reges Nachtleben. Bierfässer werden angezapft und Flaschen entkorkt. Musik dringt aus den Türen, und besonders an den Wochenenden kommen Besucher aus nah und fern, um sich im Schatten der Brücke zu versammeln und die städtische Atmosphäre zu geniessen. Radiosender gab es bei der Einweihung der Brücke noch nicht, doch heute sendet K-BBC die neuesten Nachrichten. Natürlich sind auch Telefonzellen dazugekommen. Ihr traditionelles Rot unterscheidet sich wohltuend von den schmucklosen Apparaten, die sonst an jeder Ecke hängen und ohne die die Bevölkerung nicht mehr existieren kann.

Die Polizei hat zwar zu tun, wenn die Menschenmassen über den Platz vor der Brücke flanieren und die Kneipen heimsuchen. Doch die meisten haben sich mit der strikten Geschwindigkeitsbegrenzung abgefunden und hüten sich davor, sich mit den Ordnungskräften anzulegen. Ladendiebstähle kommen nicht häufiger vor als anderswo.

Das grösste Problem ist die Hitze. Im Sommer ist es fast nicht möglich, sich längere Zeit im Freien aufzuhalten. Die Klimaanlagen laufen bis an die Grenze der Belastbarkeit, um den Bewohnern eine kühle Umgebung vorzugaukeln. Von Mai bis Oktober erreicht das Quecksilber fast täglich Werte über 110 Grad.

Fahrenheit versteht sich. Denn die Brücke steht in einer der heissesten Gegenden der USA. Ein Holzbaron hat sie der Stadt London abgekauft und Stein für Stein über dem aufgestauten Colorado River wieder aufgebaut.

Mitten in der glühenden Steinwüste von Arizona.

Wolf DeVille
Devil's Punchball

Seit über einem Tag wird Michael Ford bereits gesucht. Er gilt als erfahrener Wanderer und unternahm kleine Ausflüge in die unberührte Umgebung der Stadt so oft es ging. Für seine Kollegen von der Los Angeles Police ist es mehr als eine gewöhnliche Fahndung. Sie suchen heute nicht nur einen Vermissten, sondern einen Mann, den viele persönlich kennen.

Gegen Abend wird sein Kombiwagen auf dem Parkplatz von Devil's Punchball gefunden. Der Spielball des Teufels ist eine merkwürdig zerklüftete, rauhe Gegend mit bizarren Felsformationen, die der Andreasspalte am Nordhang der San Gabriel Mountains folgen. Das sonderbar verworfene Tal steigt ab 4200 Fuss ständig an und endet in über 6000 Fuss Höhe in dunklen Kieferwäldern.

Der Wagen ist unversehrt, die Spurensicherung findet keine Anzeichen von Gewalt. Wegen der Dämmerung stellen die Mannschaften die Suche ein und wollen am Morgen weitermachen. Die Abendsonne lässt die Berge kurz aufglühen, dann ersetzt auf der anderen Seite des Gebirges das Lichtermeer von Los Angeles das Tageslicht. Die Bergkämme erscheinen plötzlich wie die Umrahmung eines gigantischen, von unten her beleuchteten Swimmingpools.

Detective Johnson bleibt noch einen Moment auf dem Parkplatz zurück. Er kennt den Gesuchten und findet keine Erklärung für dessen Verschwinden. Familiäre Motive scheiden aus, ein Unfall ist aufgrund der Routine des Vermissten unwahrscheinlich. Ausserdem hätte der Mann über sein kleines Mobiltelefon Hilfe anfordern können.

Johnson läuft im Zwielicht um den Wagen herum und geht noch einmal zu dem kleinen Fluss hinunter, der im Frühsommer unweit der Stelle vorbeifliesst. Die enormen Regenfälle der letzten Monate haben verhindert, dass der Boden austrocknet und am Ufer einen Streifen feuchter Erde hinterlassen. Als er fast nichts mehr sehen kann, wird der Detective fündig. Er hält die Luft an und fummelt hastig nach seiner Taschenlampe. Dann leuchtet er auf einem Abdruck, den er in dieser Gegend nicht erwartet hätte und der fast viermal so gross ist wie seine Hand.

Es ist die Spur eines Bären.

Wolf DeVille
Call 888 BONJOUR

Draussen ist es viel zu heiss. Die Damen sitzen in klimatisierten Räumen und kreischen in den schrillsten Tonlagen. Das Niveau des Gespräches steht in auffälligem Kontrast zu der hohen Frequenz. Es geht um Fragen der Körperpflege und um die neuesten Handtaschenmodelle von Neiman & Marcus. Die Anwesenden haben die künstliche Schönheit, die man hierzulande mag. Ältere Kopien von Barbie mit tiefen Dekolltées und rundgefönten Betonfrisuren.

Manche der Gesichter ähneln sich, weil die Inhaberinnen denselben Chirurgen aufsuchen. Eine Flugstunde entfernt in Palm Springs. Mit allerbesten Resultaten. Dem Punktrichter eines Schönheitswettbewerbs würde die Entscheidung schwerfallen. Wer sieht gepflegter aus? Die Damen oder das satte Grün vor dem Fenster? Oder der der kleine Pudel, der gerade eine der hohen Palmen anpisst? Eine deutliche 10 in allen drei Fällen. Die Maniküre lässt nichts zu wünschen übrig.

Die ewig langen Palmen spenden keinen Schatten. Sie dienen als Kontrast zu dem kobaltblauen Himmel, der sich bis auf den Grund des riesigen Pools fortsetzt. Lautlos gleitet ein kleiner weisser Roboter durch das

Wasser und sammelt Schmutzpartikel. Dann saugt sich die Maschine mit einem leisen Schlurf an der Wand fest. Zwei Gärtner scheinen in einer Wolke aus Öl und Benzin zu schweben. Von weitem sehen sie aus wie Taucher. Nur dass sie Motoren auf dem Rücken haben. Statt Sauerstoffflaschen. Der ohrenbetäubende Lärm der Leafblower ist der Preis für die Idylle. Denn die Männer blasen den Staub vom Marmorboden. Der Pudel wird eine ganze Woche brauchen, um sich von dem Schock zu erholen.

Natürlich wird den Besuchern der Villa die obligatorische Pferdezucht geboten. Auch ein paar banale Kängurus gibt es, die fröhlich über das Gelände hüpfen. Was den Besitz jedoch wirklich von dem der eifersüchtigen Nachbarn unterscheidet, ist eine Kolonie lebendiger Pinguine.

Die traurigen Tiere sind mit ihren schwarzen Fräcken viel zu warm angezogen und stehen auf künstlichen Eisbergen. Sie starren besorgt auf die knochentrockene Wüstenlandschaft jenseits der Sprinkler. Wenn die deplazierten Vögel zwei Wünsche frei hätten, wären es erstens Minusgrade. Und zweitens Nordlichter.

Am Rand des Schwimmbeckens geht der Mann auf und ab, dem das alles gehört. Er brüllt in sein Funktelefon und sein Kontostand ist hoch. Deshalb ist sein Lebenswandel gottgefällig. Seine Millionen kommen von all den modernen Casinos. Gerade gibt er Anweisungen für einen Werbespot. Früher genügte ein Gewinn, um Leute nach Las Vegas zu locken. Heute stehen die Fassaden von New York und Monte Carlo neben denen von Venedig und Paris. Die Touristen sind begeistert von der neuen Erlebniswelt. Im ersten Stock befördern singende Gondolieri die Gäste über nachgebaute Kanäle. Im Erdgeschoss ist für so etwas kein Platz, weil dort die Spieltische stehen. Leider kann man kein römisches Colosseum bauen. Mit Löwen und Gladiatoren. Dagegen hätten die Tierschützer etwas.

Der Werbespot für das Paris-Casino wird mit Akkordeons unterlegt. Die Scouts eilen durch die Metropole und nehmen alles mit, was nicht niet und nagelfest ist. Einschliesslich des Eiffelturms. Die Beute wird nach Las Vegas gebracht und dort wieder aufgestellt. „Ich habe gar nicht gewusst, dass die Franzosen so nett sind", schwärmt ein Besucher. „Von der Arroganz der Franzmänner keine Spur. Und alle sprechen englisch. Wozu noch wegfahren? Hier hat man fünf Städte in zwei Tagen." Sogar die Telefonnummer ist stilecht.

Call 888 BONJOUR.

Wolf DeVille
Drive By Shooting

Wütend schaut Sergeant Cafaro aus dem Fenster. Sein Vorgesetzter hat ihn gerade zusammengefaltet. Drei Todesfälle in den letzten vierzehn Tagen und er ist kein Stück weitergekommen. Es passiert immer auf dem Freeway 210 kurz hinter den Abfahrten und immer trifft es weisse Frauen in kleinen, roten Mittelklassewagen. Ein Motiv scheidet aus. Stets ist es dasselbe Muster, das Fernsehen warnt bereits. Eine Beschreibung des Täters gibt es nicht.

Der Mörder wartet, bis das Opfer die Autobahn verlassen hat, dann überholt er rechts und drückt ein paarmal aus nächster Nähe ab. Warum schiessen Menschen ohne erkennbaren Grund auf andere? Wahrscheinlich liegt es einfach an der Langeweile: Frust tagsüber und nichts zu tun am Abend, vor dem Fernseher rumhängen und immer derselbe Trott, dieselben Neuigkeiten, dieselben Schnellrestaurants. Derselbe graue Beton so weit man sehen kann, dieselben nüchternen vier Wände, die Klimaanlage kühlt den Raum Tag und Nacht mühsam herunter, derselbe kleine, nichtssagende Grabstein in einer

Reihe mit zehntausend anderen auf einem sauber gemähten Friedhof. Wenn man Glück hat, kommen die Angehörigen einmal im Jahr, steigen kurz aus ihren Autos und stellen ein paar Plastikblumen in der Hitze ab.

Drive By Shooting ist Macht. Der Mörder greift in Schicksale ein und zerstört fremde Lebensbahnen, die er zufällig kreuzt. Die einzige Gelegenheit, die Wut abzureagieren und etwas zu bewirken. Etwas Endgültiges. Danach fährt der Täter seelenruhig nach Hause, reinigt sein Gewehr in der Garage, duscht ausgiebig und hat ein paar Tage Ruhe, bevor sich das Gefühl ohnmächtiger Bedeutungslosigkeit wieder anschleicht und so sehr verdichtet, dass nichts anderes mehr dagegen hilft.

Die Polizei ist nicht imstande, alle Freeways zu überwachen. Ausserdem hat die kalifornische Sonne so vielen Irren das Hirn verbrannt, dass man jeden Abend froh sein kann, wenn man noch einmal davongekommen ist. Der Moderator schaut resigniert in die Kamera und gibt weiter zum Sport. Die gleichen Bilder wie jeden Abend. Immer derselbe Ablauf, dieselben Homeruns und dieselben Werbespots.

Während die Sendung läuft, verstaut eine junge, blonde Frau auf dem Parkplatz eines Supermarktes die Tageseinkäufe in ihrem Toyota. Berge von Hundefutter, Babywindeln, Wasserflaschen und Fertigpizzas. Sie hat lange für den kleinen Wagen gespart; der alte tat es wirklich nicht mehr. Er war in drei Farben lieferbar: Neongrün, weiss und rot. Sie hat ein paar Tage überlegt.

Dann hat sie sich für den Roten entschieden.

Wolf DeVille
John Ratlicovs letzte Reise

Früh am Morgen macht John Ratlicov eine Reise nach San Diego. Der kranke alte Mann kann fast nicht mehr laufen. Seit dem Tod seiner Frau lebt er zurückgezogen in einem kleinen Appartment. Doch heute betritt er die Union Station und nimmt den nächsten Zug. Durch die hohen Scheiben fallen die ersten Sonnenstrahlen auf den Marmorboden. Sie tauchen die dunklen Ledersessel des gigantischen Wartesaals in ein mildes goldenes Licht. Die kulissenhafte Schönheit des Bahnhofs hat sich seit Johns Jugend nicht verändert. Und die massiven Wände und schweren Leuchter haben alle Erdbeben überlebt. Aber das prächtige Gebäude steht jetzt auf einer Insel. Auf allen Seiten umgeben von Autobahnen.

Ein ahnungsloser Betrachter könnte den Eindruck gewinnen, dass bloss ein alter Mann nach Süden fährt. Doch es ist auch eine Zeitreise. Zurück in die Welt von Johns Erinnerungen. Sie fliegen so schnell an den Scheiben des Abteils vorbei wie die endlosen Reklameschilder. Der tatterige Greis mit dem zerbeulten Hut wird heute Mira besuchen. Zum ersten

Mal seit fünfzehn Jahren. Und vermutlich auch zum letzten. Mira ist nur viereinhalb Jahre jünger als John und lebt in dem berühmten Tierpark. Denn Mira ist eine Elefantendame.

John wurde fünf, als er den kleinen Elefanten bekam. Seither waren beide unzertrennlich. Miras Dressur wurde die Hauptnummer in dem Zirkus von Johns Vater. Der Junge und sein Elefant waren überall. Im Sommer fuhren sie bis nach Alaska. Im Winter gastierte die winzige Wagenkolonne im Süden; einmal sogar weit unten in Florida. Selbst auf Johns Hochzeitsfoto ist Mira zu sehen. Natürlich sitzen John und seine Frau auf dem Rücken des riesigen Tieres und winken hinunter in die Kamera.

Die Schlangen sind lang vor den Kassenhäuschen und es dauert eine Weile bis John den Eingang des Parks erreicht. Dann durchquert er das nachgebaute afrikanische Dorf, das zur Tarnung der Souvenirläden dient und klettert umständlich in die enge Sitzreihe eines zweiten Zuges. Diesmal ist es nur die grüne Bimmelbahn, mit der die Touristen durch das riesige Gelände gleiten. Die Mehrzahl der Tiere lebt in grossen Freigehegen und nicht in Käfigen. Das war der Grund, warum John die Elefantin nach dem Bankrott des Zirkus an den Tierpark abgegeben hat. "Hier hat sie wenigstens genug Platz", sagte er damals zu seiner Frau. Ein normaler Zoo wäre nicht in Frage gekommen.

Als der Minizug für einen Schnappschuss hält, steigt John über die hintere Plattform aus. Er hat Beziehungen zum Personal und gelangt in das Gehege der Elefanten. Die Herde steht ganz hinten unter den Bäumen und bedient sich aus grossen Körben. John muss ein paar Mal rufen. Doch dann löst sich ein einzelnes Tier aus der Gruppe. Zögernd stellt es die Richtung des Zurufes fest und trabt fast ungläubig auf den Alten zu.

Mit aufgestellten Ohren läuft Mira um John herum, dann bremst sie und bleibt genau vor ihm stehen. Er lässt sie nicht lange warten. Ein kurzes Kommando genügt und sie stellt sich auf die Hinterbeine. Dann dreht sie sich leicht und macht einige tapsige Schritte. John Ratlicov ist zufrieden. Er lobt die Elefantin und gibt ihr mit der flachen Hand einen schwächlichen Klaps. Langsam kippt sie zur Seite. Sie tut so, als ob sie schläft, obwohl der Eindruck täuscht. Denn das Tier wartet gespannt auf die Belohnung. John kramt in seiner Tasche und lässt ein paar Erdnüsse in Miras aufgesperrtes Maul fallen.

Auf der Tribüne haben sich die ersten Zuschauer eingefunden. Die Leute sehen nur einen gebeugten Greis in einem Gehege. Sie wissen nicht, dass sie in einem unsichtbaren Zirkuszelt sitzen. Mit einer Kapelle vom Band, ein paar Scheinwerfern, einem Jungen und einem kleinen Elefanten. Der alte Mann steht in der Mitte des Rings auf einer eingebildeten Unterlage aus Sägespänen. Er ist sich nicht ganz sicher. Ein wackeliger Dompteur, der eine Stütze braucht, um einen Elefanten zu beobachten. Dann ein Tusch einer imaginären Zirkuscombo. John macht einen schnellen Schritt nach vorne, konzentriert sich einen Moment und wirft seine Krücke hoch. Der Stocktrick funktioniert noch immer. Mira fängt das Utensil mit dem Rüssel auf und gibt es vorsichtig zurück. Die Beobachter applaudieren. Der Zirkusdirektor nutzt die Begeisterung, um die nächste Attraktion anzupreisen. Es handelt sich um den Messerwerfer und seine Gemahlin.

Plötzlich stehen John und sein Elefant wieder unter freiem Himmel. Denn die Stimme des Direktors gehört einem Wärter. Er trägt weder einen Zylinder noch eine Uniform, sondern nur einen einfachen blauen Kittel. Der Mann bringt John zum Ausgang.

Mira ist ihnen nachgelaufen und blickt durch die schweren Eisenstäbe. Es gibt noch einige gute Nummern in ihrem Repertoire - jahrelang vergessene, fabelhafte Tricks. Doch die Zaungäste haben ihre Plätze aufgegeben. John Ratlicov bewegt sich mühsam zum Ausgang. Er durchquert das falsche afrikanische Dorf, rückt seinen zerknautschten Hut zurecht und verlässt den Tierpark.

Ein Mann wie John Ratlicov schaut nicht zurück.

Weekly World News

"Hitler wohlauf! Diktator lebt 103jährig in Argentinien!"
"Tafeln mit den Zwölf Geboten gefunden!"
"Nessie zerfetzt Taucher!"
"Häuptling Sitting Bull in Wahrheit eine Frau!"
"Ausserirdische gefangengenommen. Erste Pressekonferenz!"
"Schneemensch entkommen! Zwei Aufseher getötet!"
"Gottesbeweis erbracht. Neue eindeutige Fotos!"

Manchmal bringt die Weekly World mehrere solcher Enthüllungen in einer Ausgabe. Daneben Beweise in so grobkörnigen Qualitäten, dass nicht klar ist, ob es sich um Sitting Bull handelt oder um die Ausserirdischen. Die Fotos von Hitler und dem Schneemenschen ähneln sich auffällig, doch leider ist die Aufnahme von Gott nicht ganz so gut geworden, wie es die Meldung verspricht. Die Zeitung unterhält nicht nur Büros in den USA, sondern auch in Europa, Australien, Neu Delhi und Tokio. Natürlich darf auch Nairobi in der Auflistung der Aussenstellen nicht fehlen.

Die Leser schätzen die Fakten, die ihnen das Blatt wöchentlich liefert: "Sie fürchten sich nicht, die Wahrheit abzudrucken!", wird Mark Harrigan aus Connecticut zitiert. Und Ingrid Shullman aus Columbus, Ohio bleibt jede Woche das Herz stehen. Kathleen Farris aus Chicago, Illinois kann ohne ihre wöchentliche Dosis gar nicht mehr leben.

Die Reaktionen sind verständlich, denn die Meldungen gehen zu Herzen. In Australien kamen Hunderte von Männern, die seit Jahren keinen Zahnarzt mehr gesehen hatten, nachdem dessen Personal nur noch barbusig assistierte. Leider wurde die lobenswerte Idee durch fanatische Feministinnen zunichte gemacht und der Zahnarzt musste das Weite suchen. Das hat auch der Schneemensch getan, bevor näher über ihn berichtet werden konnte, aber immerhin befinden sich die Ausserirdischen noch im Gewahrsam der Behörden. Auf die Ergebnisse der Pressekonferenz darf man mit Recht gespannt sein.

Zwar kennt jeder die Geschichte der Titanic. Aber wussten Sie auch, dass dreihundert Eskimos ins Wasser fielen, weil sie den Fehler gemacht hatten, auf dem gerammten Eisberg zu kampieren? Und dass sie genauso jämmerlich ertranken wie Leonardo Di Caprio?

Weekly World News weiss es.

Wolf DeVille

Flash Flood

Über den Bergen kündigen dunkle Regenwolken ein Gewitter an, eine Seltenheit in Kalifornien Mitte August. Ein undurchsichtiges, schweres Grau hat sich zwischen die Gipfel geschoben und verdeckt die Sonne. Es ist sehr still geworden, leise ist ferner Donner zu hören, der langsam näherrollt. Der Campingplatz in Ozena bietet keinen Schutz. Die wenigen Gebäude sind verfallen und von meterhohem Schilf eingerahmt. Die Wege sind zugewachsen und versandet; offensichtlich wurde der Platz vor längerer Zeit aufgegeben.

Die kürzeste Strecke nach Los Angeles führt durch das Lockwood Valley. Die längere Alternative schlängelt sich geradeaus durch die Berge, macht dann einen Knick und vereinigt sich erst kurz vor dem Interstate Nr. 5 wieder mit der Talverbindung. Ein Motorradfahrer überholt und fährt geradewegs in Richtung des Gebirges; lässig winkt er dem kleinen, weissen Mietwagen zu, der nach rechts in das offene Tal einbiegt. Nach ein paar Meilen passiert der Wagen eines der Stahlgitter im Boden, die das Vieh am Überqueren hindern, und rollt langsam durch ein ausgetrocknetes Flussbett. Lediglich ein dünnes Rinnsal unterscheidet es von seiner Umgebung.

Auf der anderen Seite steigt die Strasse leicht an, um dann in einem weiteren Tal zu verschwinden. Die Karte zeigt keine Ortschaft auf den nächsten fünfzig Meilen, nur der Ventura County Sheriff hat mitten in der Landschaft eine kleine Aussenstation. Auf der Karosserie des Wagens zerplatzen die ersten Regentropfen und vermischen sich mit dem allgegenwärtigen feinen Sandstaub.

Ein breiter Bach fliesst plötzlich über die Strasse; noch ist die Stelle seicht genug, um hindurchzufahren. Aber schon nach der nächsten Kurve ist die Verbindung unterbrochen. Das Wasser hat sich von den Bergen herunter seinen Weg gesucht und ein Stück der Strasse weggespült; ein brauner Strom schiesst in die Tiefe und nimmt alles mit, was sich ihm in den Weg stellt.

Von der anderen Seite nähert sich ein Geländewagen. Der Fahrer prüft die Situation, doch das Wasser ist zu reissend, um eine Durchfahrt zu wagen. Zwei der Insassen steigen aus und gehen ein Stück auf der Strasse zurück. Als sie wiederkommen, schütteln sie den Kopf und machen mit ausgestreckten Armen das Zeichen für Zwischenraum. Es wird klar, dass sie von einer weiteren Blitzflut eingeschlossen sind. Im Radio wird eine Flash-Flood-Warnung durchgegeben, denn das Wasser kann auf dem knochentrockenen Untergrund nicht einsickern und lässt die Bäche in Minutenschnelle zu reissenden Flüssen anwachsen.

Der Mietwagen dreht um und versucht, eine höhere Stelle zu erreichen. Die beiden Fahrzeuge stehen sich auf zwei Inseln gegenüber und haben das Licht eingeschaltet. In der Dunkelheit sehen sie aus wie zwei kleine verlorene Leuchttürme vor der Einfahrt eines unsichtbaren Hafens.

Die Abendnachrichten berichten, dass ein ungewöhnlich starkes Unwetter den Wochenendverkehr nach Las Vegas lahmgelegt hat; eine empfindliche Einbusse für die Casinos und Hotels, wo man bis tief in die Nacht auf die verspäteten Gäste wartet. Der Flugverkehr musste umgeleitet werden und etliche Leitungen sind noch am nächsten Tag gestört. Auch ein Motorradfahrer hat sein Ziel nicht mehr erreicht.

Er wurde in voller Fahrt von einem Blitz getroffen.

Der Winkel des Mondes

Irgendwie hängt der Mond schiefer über Los Angeles als über Paris, London oder Rom. Die Hitze bleibt auch in der Nacht stehen und das Thermometer ist nur unmerklich gefallen. Bleich liegt das Tal von Burbank unter den Gipfeln der Hollywood Hills; auf der anderen Seite ragt die berühmte Schrift in die heisse Sommernacht. Dicke Falter stossen gegen die Lampen, und ein kleiner Koyote versteckt sich vor den Lichtkegeln eines Autos im Gestrüpp.

Von dieser Seite der Erde haben sie also ihre Mondraketen in den Himmel geschossen, nach und nach die lästigen Stufen abgeworfen, die nun als Altmetall durch das Weltall schweben, und mit einer kleinen Kapsel den Trabanten erreicht. Wir überlegen, wie es wäre, mitzufliegen auf dieser Reise und mit einem kühnen Satz von der Leiter zu springen. Hinab in den goldenen Mondstaub, um Fussabdrücke zu hinterlassen, die noch Jahrhunderte zu sehen sind. Wenn nicht ein Schwarm von Meteoriten diese Spur auslöscht.

Es muss ein schönes Gefühl sein, für die Geschichtsbücher kluge Sätze in ein Mikrofon zu sprechen und die Erde am Horizont zu betrachten. Einen merkwürdigen blauen Planeten, dessen Bewohner sich seit Jahrtausenden die Köpfe einschlagen, nicht ohne die Methoden immer weiter zu verfeinern. Währenddessen verursachen ihre Anführer solange Skandale, bis die Bürger des Staates wissen wollen, wofür zum Teufel die Steuergelder eigentlich ausgegeben werden.

Dann würden sie zur Rechtfertigung sehen, wie wir in unseren Raumanzügen Golfbälle weit in die luftleere Landschaft schlügen. Oder die nationale Flagge in den Boden des Mondes rammten. Für seine widerspenstigsten Kritiker würde der Präsident einen Krieg in einem Teil der Erde verkünden, der abgelegen genug wäre, um die Wähler nicht weiter zu beunruhigen.

Wir würden unsere Kapsel schliessen und zum Mutterschiff zurückkehren, um zwei Tage später zuhause in unseren Betten wieder aufzuwachen und zu fragen, ob wir das nur geträumt hätten. Dann würden wir in die Küche gehen, um von den Errungenschaften der Raumfahrt zu profitieren. Wir würden uns in einer Teflonpfanne ein paar Eier braten und zu uns selber sagen:

"Unsere Mission war nicht umsonst."

Wolf DeVille
Ein Sonntag wie jeder andere

Müde zieht eine kleine Chinesin eines dieser winzigen weissen Schosshündchen am Hafenbecken von Marina Del Rey vorbei. Schon zweiunddreissig Grad um 9 Uhr am Sonntagmorgen, doch der Radiosprecher preist den Tag an, als müsste er den Leuten mehr Sonne verkaufen. Die Sprinkler sind hochgeklappt und bewässern streichholzkurze Rasenflächen, bevor in der Hitze alles wieder verdampft.

Eine frühe Joggerin trägt einen kleinen, blassgrünen Sonnenschutz, um ihre empfindliche Nase zu schützen. Schliesslich sind die Chirurgen teuer. Sie zieht ihre Kreise mit eisenharter Willenskraft und folgt damit dem Motto auf Ihrem T-Shirt. „You can rest when you are dead."

Die Sonntagszeitung ist so dick wie ein Telefonbuch. In grossen Lettern werden der Zerfall der Sitten und die wachsende Unsicherheit beklagt. Die Polizei empfiehlt verbesserte Alarmanlagen und mehr Wachsamkeit während auf den Balkonen die Holzkohlegrills vor sich hinqualmen wie kleine Hausaltäre.

Unbarmherzig steigt die Sonne höher und knallt auf den zentralen Pool der Anlage, wo sich dieselben Goldkettchen wie gestern und vorgestern auf den Liegestühlen räkeln. Nichts entgeht ihnen. Aus den Augenwinkeln verfolgen sie wie träge Hyänen, wenn ein Bikini in den Pool gleitet, um das Silikon zu kühlen.

In der Nähe des Postamtes sitzt eine Frau in einem Kleinbus und macht einen Stapel Tüten zum Versand fertig. Die Umschläge versprechen Fitnessnahrung und Diätzusätze. Ein Begleittext unterstreicht die Vorzüge der breiigen Substanz. Neugierig schiebt sich ein Streifenwagen an der Stelle vorbei, als die Frau panisch reagiert. Sie legt den Vorwärtsgang ein und will offensichtlich flüchten, doch die beiden Polizisten springen mit gezogenen Pistolen aus dem Wagen und nehmen die verwirrte Frau fest.

Die Chemiker der Polizei finden in jeder der Tüten eine tödliche Dosis Zyankali, wie es auch in den kalifornischen Hinrichtungszellen verwendet wird. Ein Angestellter der Herstellerfirma äussert sich im Fernsehen verwundert darüber, dass es so wenig Kontrollen gibt. Die Verkäufer der Substanz sind lediglich angewiesen, nach dem Verwendungszweck zu fragen. Es ist fast schwieriger, an Alkohol zu kommen.

Die Frau wird ohne Kaution im Gefängnis von Downtown festgesetzt; an alle Postämter des Landes geht ein Rundschreiben mit dem Hinweis, auf Umschläge, die sich schwammig anfühlen, besonders zu achten.

Aus der Verdächtigen ist nichts herauszubringen, sie macht einen gestörten Eindruck. Doch in den Akten tritt sie mehrfach in Erscheinung. Offensichtlich lebt sie in dem Bus und fiel vor einigen Jahren auf dem Parkplatz eines Motels auf, wo die Polizei auf dem Rücksitz einen offenen Benzinkanister entdeckte, aus dem giftige Dämpfe strömten. Schon damals machte die Frau einen unruhigen Eindruck und wurde für vier Tage von einem Psychiater beobachtet, der eine Gefahr für die Öffentlichkeit feststellte. "Irgendwie war sie nicht richtig im Kopf", erinnert sich der diensthabende Polizist nach längerem Nachdenken.

Nach ihrer Entlassung machte die Frau geltend, dass fünf Polizisten sie geschlagen und missbraucht hätten. In einer langen Liste führte sie Gegenstände auf, die sie vermisste. Es waren nicht nur Schlittschuhe und Videobänder. Sondern auch ein Baby namens ‚Lucky‘.

Der zweite Eintrag bezieht sich auf einen Fall von Fahrerflucht. Die Frau hatte einen geparkten Wagen beschädigt. Der Polizist, der den Fall damals untersuchte, befindet sich heute im Ruhestand und glaubt nicht, dass ein Grund für die Frau besteht, auf ihn böse zu sein, denn die Sache wurde aus Mangel an

Beweisen eingestellt. "Andererseits", fügt er nach einer Weile hinzu, "könnte sie es mir übelnehmen, dass ich ihr nicht glaubte und den Wagen für ein paar Tage beschlagnahmen liess." Die Beamten zählen die Umschläge und kommen auf 101.

Am nächsten Tag gibt die Pressesprecherin der Polizei eine Erklärung heraus, der Vorfall werde untersucht und die Betroffenen würden benachrichtigt. Gegenwärtig bestehe jedoch kein Anlass zur Besorgnis.

Sie sagt nicht, dass im Kofferraum des Wagens ein Stapel Bögen mit selbstklebenden Adressetiketten gefunden wurde. Einige Namen stimmen mit den Personen aus den Akten überein, die Bezüge der anderen zu der Frau sind unklar. Die Mehrzahl der Briefe gehen an Mediziner und Polizeioffiziere. Ein Etikett ist an ein Mitglied des City Council adressiert.

Jeder der elf Bögen enthält zehn Adressen, doch auf dem letzten sind ein paar Felder leer, weil die Aufkleber bereits abgelöst wurden. Genauer gesagt fehlen neun Etiketten. Diese Pakete sind offensichtlich schon unterwegs.

Wohin weiss niemand.

Wolf DeVille
Wheeler Springs

Die Weiterfahrt wird durch eine rostige Kette verhindert. Es wird nichts aus dem Tag in den versteckten Schwefelbädern von Wheeler Springs. Durch ein schiefes Tor hat man einen Blick auf ein paar verfallene Gebäude in einem mächtigen Palmengarten.

Die heissen Quellen sind geschlossen. Auf unbestimmte Zeit. Die Rückfahrt geht bergab durch eine wilde Schluchtenlandschaft bis nach Ojai. Einer malerischen Siedlung, die wie Wheeler Springs auf Indianerland liegt. Ojai macht seit den siebziger Jahren durch das jährliche Jazzfest von sich reden. Die Frage nach Wheeler Springs beantwortet man ausweichend.
"Ja, es hat ein paar Unglücksfälle gegeben vor der Schliessung", sagen die Leute, "aber keine Ahnung, wie das alles zusammenhängt."

Besonders zwei Fälle in der Nähe des Geländes führten zu Spekulationen, aber die Untersuchungen verliefen ohne Ergebnis. Einmal wurde ein Mann von einem stürzenden Baum erschlagen. Und der Fahrer eines Cabrios wurde enthauptet, weil ein Draht über den Weg gespannt war. Tragischerweise. Jemand muss vergessen haben, den Draht wieder wegzunehmen. Anyway. Es wird Zeit für eine Unterkunft, denn die Sonne fällt wie ein schwerer roter Ball in den Canyon.

Ein Feldweg windet sich durch ein Seitental langsam in die Höhe und macht vor einer Kolonie mongolischer Jurten halt. Es sind grosse weisse Kuppelzelte, die anscheinend schon immer unter den Bäumen stehen. Von weitem sind sie unter dem Schatten der riesigen kalifornischen Eichen kaum auszumachen. Susan glaubt, dass sie die wahren Hintergründe der Vorfälle kennt. Sie hat alle Brücken zu ihrer früheren Umgebung abgebrochen und lebt in ihrem 'Dream Tipi', einer gut getarnten Unterkunft. Ihr Platz ist schwer zu erreichen durch das hohe gelbe Steppengras. Man muss laut auftreten, um die Klapperschlangen zu warnen. Für zeremonielle Zwecke gibt es auf der Lichtung einen Tanzplatz mit einem kleinen Buddha in der Mitte. Ausserdem eine indianische Schwitzhütte. Ab und zu kommt sogar eigens ein Medizinmann herauf.

Den Holzfussboden ziert ein orientalischer Läufer. Sonst gibt es nur ein Futon und ein Bücherbord mit esoterischen Schriften. "Wheeler Springs war ein gutes Geschäft", sagt Susan nachdenklich. "Es liegt nahe genug an Los Angeles, um eine Menge Leute anzuziehen, besonders an den Wochenenden. Das Shakespeare-Festival im Herbst und all das."

Ein plötzlicher Schauer prasselt auf das straffe Zeltdach wie auf ein Trommelfell. "Es liegt ein Indianerzauber auf Wheeler Springs", meint Susan leise. "Diese Eindringlinge aus Los Angeles haben kein Gefühl für den heiligen Boden, auf dem sie hier oben gebaut haben. Für die Kräfte der Natur und des Weltalls. Und besonders die lunaren Auswirkungen. Alle diese Unfälle haben sich bei einer bestimmten Konstellation der Planeten abgespielt. ‚Ojai' hat eine spezielle Bedeutung in der Sprache der Chumash." Sie blickt durch mich hindurch. "Sie nennen es das ‚Tal des nistenden Mondes'."

Der Regen wird immer lauter. Das Wasser tropft an den Wänden entlang und sammelt sich unter den Plattformen, auf denen die Zelte stehen. Es wird eine unruhige Nacht. Doch am nächsten Morgen ist der Himmel blau wie immer. Die frischgewaschenen Blätter der Eichen glänzen wie Wachs in der Sonne. Und die unruhige Nacht ist wie weggeblasen.

Ein paar Wochen später fährt ein Motoradfahrer an Wheeler Springs vorbei. Er verliert auf der kurvigen Strecke die Kontrolle über seine schwere Maschine und verunglückt tödlich. Sein Name ist so bekannt, dass der Unfall überall in der Welt Schlagzeilen macht. Der Tote ist Charles "Pete" Conrad, der Commander der Apollo 12 Mission. Der 18. November 1969 war ein weiterer Tag des Triumphs für die amerikanische Raumfahrt. Ein Sieg der Technik über das feindliche Universum.

Denn an diesem Datum betrat Pete Conrad als dritter Mensch den Mond.

Wolf DeVille

Grüsse aus dem Land des Lächelns

Der Polizeifunk meldet eine Verfolgungsfahrt auf dem 101 Nord. Ein Streifenwagen hat versucht, einen Chevrolet zu stoppen und ist eine Weile hinter dem Wagen mit den getönten Scheiben hergefahren. Die Insassen haben das Blinklicht auf dem Dach ignoriert. Die Besatzung hat Verstärkung angefordert, doch auch dem zweiten Wagen ist es nicht gelungen, den Chevrolet zum Anhalten zu bewegen.

Der Moment für Harry Eisenhower ist gekommen, genauer gesagt, für das mobile Einsatzkommando unter seiner Leitung. Seine Truppe nennt ihn auch "Iron Harry", weil er mit Anlauf durch eine geschlossene Tür springen kann, ohne ein weiteres Wort darüber zu verlieren. Sein kantiges Gesicht verrät Willenskraft und Durchsetzungsvermögen; normalerweise hält Harry Fragen für Zeitverschwendung.

Der Chevrolet ist mittlerweile dabei, den Freeway zu verlassen. Ein weiterer Streifenwagen nähert sich von der Seite, kommt aber nicht zum Zug, weil das verfolgte Fahrzeug schon nach links abgebogen ist. Es bleibt nur noch eine Möglichkeit. Die Insassen des Chevrolet müssen auf dem Parkplatz des

Supermarktes festgenommen werden, bevor es ihnen gelingt, in das Gebäude zu entkommen.

Harry und seine Männer werden von einem Hubschrauber hinter dem Supermarkt abgesetzt und verteilen sich in drei Richtungen. Zwei Abteilungen laufen um das Gebäude herum, um den Parkplatz von zwei Seiten in die Zange zu nehmen.

Die dritte Gruppe leitet Harry persönlich. Sie wird auf dem Dach des Supermarktes Stellung beziehen und läuft über die Treppen nach oben, begleitet von dem Kriegsgesang der Männer, einem leisen, rhythmischen Go-Go-Go. Sie funktionieren wie eine Maschine. Alle Aktionen haben sie tausendfach geübt und genauestens aufeinander abgestimmt. Mit einem klackenden Geräusch stossen sie die Magazine in die Ladeschächte ihrer Gewehre, während Harry mit einem Fernglas den Parkplatz untersucht.

Der verdächtige Wagen steht in der Mitte der Fläche, sonst ist keine Menschenseele zu sehen. Die Kundschaft hat man rechtzeitig durch die Hinterausgänge evakuieren können. Die Verfolgten erhalten noch eine letzte Chance und werden über Lautsprecher aufgefordert, den Wagen mit erhobenen Händen zu verlassen. Ein Trommelfeuer von Herzschlägen auf beiden Seiten.

Als sich die Türen des Wagens öffnen, stolpern fünf ängstliche japanische Touristen ins Freie und stehen mit erhobenen Händen zwischen den Einkaufskarren. Sie wussten nicht, dass sie sofort anhalten müssen, wenn hinter Ihnen ein Polizeifahrzeug das Blinklicht einschaltet. Die Aktion ist beendet.

Die Männer nehmen ihre Schutzhelme ab und sammeln sich zum Abtransport. Auch Harry äussert sich, was selten vorkommt. Verächtlich spuckt er seinen Kaugummi in die Ecke und sagt:

"Der Tag fängt beschissen an."

Die Inflation der Worte

Lange Zeit war die Feststellung "Ich liebe diesen Zahnarzt" fester Bestandteil jeder Unterhaltung über die Entfernung von Weisheitszähnen. Doch genauso wie der Wert des Geldes verfällt, verliert auch das Wort "lieben" immer mehr an Bedeutung. Die Aussage "I love you" ist zu einer Floskel geworden.

Die neue Minimalerwiderung heisst "I love you more". Überall rufen sich wildfremde Menschen diesen Satz zu, während sie unbeirrbar ihrer bisherigen Tätigkeit nachgehen. Und in Zeitungen lesen, in ihrem Essen herumstochern oder in der Nase bohren. Die Inflation der Worte galoppiert. Über Nacht ist ein Ausdruck nur noch die Hälfte wert.

Inzwischen wird bereits die Äusserung "Ich mag Dich" nur noch als bodenlose Gemeinheit empfunden und führt zu empfindlichen Strafen vor den Arbeitsgerichten.

Wirft man in diesem Zusammenhang einen Blick auf die Statistik, stellt man fest, dass die Scheidungsrate mittlerweile astronomische Höhen erreicht hat. Nach durchschnittlich drei Tagen haben neunzig Prozent aller amerikanischen Paare ihren Vorrat an Gefühlsäusserungen erschöpft, ohne dass es weitere Steigerungen gäbe, um ihren Empfindungen Ausdruck zu verleihen. Die Betroffenen berichten von zunehmender Ratlosigkeit und gehen ab dem vierten Tag wieder getrennte Wege, nicht ohne dem Ersten, dem sie im Fahrstuhl begegnen, ihre tiefste Zuneigung zu versichern.

Die restlichen zehn Prozent versuchen, sich ohne Worte zu behelfen. Stumm tauschen sie immer grössere Präsente aus, doch es versteht sich von selbst, dass dieses Ritual nur denjenigen vorbehalten bleibt, deren Einkommen es erlaubt. Die Übrigen stehen in langen Schlangen vor den Pfandleihhäusern, in deren Tresoren sich Diamantringe und Perlenketten stapeln. Wegen der grossen Zahl von Trennungen warnen viele Wissenschaftler vor einem weiteren Absinken der Geburtenrate und verfolgen die Entwicklung mit Sorge.

Wer die ehrliche Abneigung kennt, mit der Fremde in vielen Gebieten der alten Welt empfangen werden, teilt die negative Einstellung der Experten nicht. Schliesslich braucht man jahrelange Übung, um den Zustand der äusserlichen Glückseligkeit zu erreichen, in dem Verkäufer, Kellner und Berufsboxer hierzulande ihre Tätigkeit ausüben. In den Abendnachrichten führt der Wettermann einen Tornado mit so heiterem Gesichtsausdruck vor, dass nicht viel fehlt und man könnte glauben, er habe das Phänomen selbst erfunden. Die Anzahl der Verletzten klingt aus seinem Mund wie die Bilanz der Medaillen bei der letzten Olympiade.

Nicht jeder hat die nötige Beharrlichkeit für diesen demonstrativen Dauerfrohsinn, aber auch hierfür gibt es Rat. Denn Chirurgen ziehen den Kunden das Fell bis über beide Ohren. Zwar können die so Gelifteten ihren Gesichtsausdruck nicht mehr verändern, doch dafür lächeln sie Tag und Nacht. Andererseits passt das eingefrorene Lächeln nicht zu jedem Anlass, denn wenn zuviele Dauerlächler versammelt sind, kann eine Beerdigung leicht den Eindruck einer Schiffstaufe hervorrufen. Auch bei Flugzeugabstürzen wird das stetige Grinsen von Mitreisenden als störend empfunden.

Der Berufsstand professioneller Trauerer wird immer wichtiger und es wird bereits erwogen, die Einwanderungsgesetze zu lockern und für ernste Anlässe eine grössere Anzahl von Ausländern hereinzulassen, deren unverbrauchte Gesichtsmuskulatur herabgezogene Mundwinkel erlaubt.

Besonders für die Deutschen stehen die Chancen gut. Sie erfreuen sich wegen dieser Fähigkeit allergrösster Wertschätzung.

Mehr noch: Man liebt sie dafür.

Cruise Ships Take Airport Exit

In der Gegend von San Diego haben die Behörden zwei Verkehrszeichen aufgestellt, die man sonst nirgendwo findet. In verkleinerter Form werden die Schilder auch als Postkarten und Poster angeboten.

Die amtliche Version des ersten Zeichens hängt an einer Brücke vor der Abfahrt zum Flughafen. Das übliche gelbe Blechquadrat. Auf seine Spitze gedreht und daran festgemacht. Es regelt einen komplizierten Sachverhalt: "Cruise Ships take Airport Exit."

Der knappe Hinweis hat nicht immer den gewünschten Erfolg. Es gibt keine Erklärung dafür, warum die Kreuzfahrtschiffe zum Flughafen sollen. Ausserdem fahren Schiffe selten auf Autobahnen. Viele Autofahrer verstehen den Wegweiser nicht. Wahrscheinlich sind gar nicht die Schiffe gemeint. Es scheint um die Passagiere zu gehen. Denn die Abfahrt führt nicht nur zum Airport, sondern auch weiter zu den Kaianlagen. Und tatsächlich: Dort gähnen die weissen Ozeanriesen mit weit geöffneten Ladeklappen. Sie warten auf reiche Kunden.

Kreuzfahrer sollten die Flughafenausfahrt nehmen. Officer Mittenthal hat den Satz schon so oft gelesen, dass er ihn nicht mehr interessiert. Er fädelt seinen schwarz-weissen Polizeiwagen in den Verkehr ein. Dann dreht er am Schalter der Klimaanlage und steckt den feuchten Kamm weg, mit dem er sein Haar in Form gebracht hat.

Kurz vor dem Stadtrand stösst er auf eine kleine Gruppe zu Fuss. Mittenthal rollt langsam an den Spaziergängern vorbei, kann aber nichts Verdächtiges entdecken. Die Menschen scheinen zu einer Hochzeit zu gehen. Sie laufen zielstrebig und tragen dunkle Anzüge. Beziehungsweise Röcke in leuchtenden Farben. Selbst die Kinder hat man ihr Sonntagszeug gesteckt. Mittenthal fährt auf den Freeway in Richtung Los Angeles.

Nach einer Viertelstunde passiert der Polizist das zweite Schild. Auch diese Kuriosität gibt es als gelbe Miniatur in den Souvenirläden. Sogar als Magneten für Kühlschränke.

Wieder ist Kombinationsgabe gefordert. Das Schild zeigt einen schwarzen Scherenschnitt. Auf den ersten Blick könnte man eine Ankündigung spielender Kinder vermuten. Doch stattdessen ziehen zwei Erwachsene ein einzelnes Kind hinter sich her. Die

Drei halten sich an den Händen und rennen. Ihre Geschwindigkeit wird durch waagerechte Striche angedeutet - als ob sie vor etwas flüchteten.

Kurze Zeit später wird der Verdacht zur Gewissheit. Eine Kontrollstelle schiebt sich wie ein riesiger Riegel über die Autobahn. Das Schild soll vor Einwanderern warnen. Überall in der Gegend kommt es vor allem nachts zu folgenschweren Karambolagen. In der Mitte dieses Niemandslandes zwischen den USA und Mexiko überqueren täglich Hunderte von illegalen Latinos die Fahrbahn. Sie beschädigen die Stossfänger an den Geländewagen unschuldiger Steuerzahler. Officer Mittenthal hält für einen kurzen Schwatz, bevor er seine Patrouille für heute beendet. Er hat zwei Karten für das Baseballspiel am Abend.

Gleich hinter der Station öffnet sich eine karge Landschaft. Weit hinten am Horizont reflektieren schroffe Felswände die letzten Sonnenstrahlen des Tages. Kein Haus weit und breit und keine Wolke am Himmel. Auf der linken Seite endet das Sichtfeld im Pazifik, vor dessen glatter Kulisse die zwei Kuppeln eines Kraftwerks stehen. Die Wölbungen der Anlage sind gigantisch. Sie werden von zwei roten Spitzen gekrönt, die in der Dunkelheit leuchten. Das eindrucksvolle Bauwerk war für den Architekten eine willkommene Gelegenheit, seine frühkindlichen Defizite für immer auszugleichen. Sogar gegen Bezahlung.

Ausser diesem sinnlichen Monument gibt es nichts Erwähnenswertes. Bis auf einen Canyon, der sich sich nach Osten in der Wüste verliert. Im Sommer staut sich die flimmernde Hitze auf dem Grund. Die Temperaturen sind nur für Eidechsen und Schlangen auszuhalten. Und auch diese Kreaturen verlassen ihre Verstecke erst nach Einbruch der Dunkelheit. Nach einer Weile gibt es nichts anderes mehr als Staub und Steine.

In dieser gottverlassenen Einöde findet die Grenzpolizei kurze Zeit später drei Tote. Offensichtlich sind sie bis zu dieser Stelle gekommen, bevor sie endgültig die Orientierung verloren und aufgegeben haben. Die dunklen Anzüge mit den silbernen Knöpfen passen nicht in die gnadenlose Gegend. Es sind illegale Einwanderer in ihren besten Sachen.

„Sie haben sich verirrt und sind verdurstet", spricht einer der Offiziere einen nachdenklichen Vermerk in sein kleines Schultermikrophon. "Wahrscheinlich wollten sie uns täuschen. Sie tragen Anzüge nur dreimal im Leben:

Zu Hochzeiten, beim Überschreiten der Grenze und auf ihrem letzten Weg."

Wolf DeVille
Der Tag des Wiedersehens

Floyd war der grösste Hurrikan seit langem und die Schäden sind gigantisch. Die Küstenwache hat alle Hände voll zu tun in diesen Tagen. Auch Willie Green gehört zu den Coastguards. Eigentlich macht er seinen Job gerne. Aber momentan steht er bis zum Hintern im Wasser. Die Hinterlassenschaften der Einwohner schwimmen vorbei. Nasse Tapetenstücke und eine Tür drehen sich um sich selbst und folgen dem Reigen von Abfall und totem Vieh. Princeville, einst die Heimat von 1900 Bürgern, existiert nicht mehr. Die schmutzigen Fluten bahnen sich einen Weg durch die Stadt und stossen an der Ecke mit einem neuen Nebenfluss zusammen. Die Fische darin schwimmen fast 10 Fuss über Normalnull.

Ein Schubser bringt Willie fast aus dem Gleichgewicht. Das Ding, das mit ihm zusammen-gestossen ist, ist ein langer dunkler Kasten mit veritablen Messinggriffen.

Das Wasser hat die bemoosten Grabsteine des Friedhofs umgestürzt und den morastigen Boden unterspült. Vor allem aber hat es die Toten um ihren Schlaf gebracht. An die hundert Särge treiben als stumme Ahnenparade die Strasse hinunter. Das Who is Who des Ortes. Eine Zeitung spricht später von ‚lebendiger Stadtgeschichte'. Viele finden jedoch, dass diese Überschrift dem Vorgang nicht gerecht wird. Die Helfer bemühen sich verzweifelt, ihre Vorfahren einzufangen. Es ist schwieriger als erwartet, denn die Särge sind zu schwer, um sie in Boote zu hieven. Einige werden abgeschleppt, andere haben Schlagseite und werden an Bäumen und Verkehrsschildern festgemacht. Gottseidank sind die Deckel unbeschädigt.

Man wird nicht aller Ausreisser habhaft. Ein paar schwimmen in ihren Behältern am Drugstore vorbei wie eine Prozession alter Kunden. Einer verfängt sich sogar an der kaputten Neonreklame. Wie sich später herausstellt, war der Insasse zu Lebzeiten ein eifriger Konsument hochprozentiger Getränke. Wahrscheinlich würde er sich in seinem Grab herumdrehen, hätte ihm nicht das Schicksal fristlos gekündigt. Die Schnapsvorräte sind zerstört. Und die vielen Flaschen entweder zerbrochen oder dem Rest des Inventars flussabwärts gefolgt.

Auch Miss Milly hat ihr Grab verlassen, in dem sie vierzig Jahre friedlich verbracht hat. Unbehelligt von Verwandten und Erbschleichern. Sie hat ihnen ein Schnippchen geschlagen und ihr Geld dem Verein der Frauen vermacht. Miss Milly ist unverheiratet geblieben. Der einzige Kandidat, der jemals in Frage gekommen wäre, kehrte in einem Zinksarg aus dem Krieg zurück. Die Belohnung war angemessen. Der Sarkophag wurde mit einer Flagge umhüllt und mit militärischen Ehren begraben.

Jetzt dümpelt Miss Millys Holzkiste neben einem Metallbehälter bis sie die alte Tankstelle erreichen. Der schmutzige Fetzen an der Seite ihres Gegenübers ist längst aussgeblichen. Doch es sieht so aus, als wären es die nationalen Farben. Heute ist der Tag des Wiedersehens. Die beiden Gefährte berühren sich kurz steuerbord und Milly beschreibt einen beschwingten Halbkreis bevor die Strömung sie wieder erfasst. Dann trennen sich ihre Wege zum zweiten Mal.

Diesmal für länger.

Wolf DeVille
14 Millionen Buddhisten

Auf den Strassen von Los Angeles fährt man nicht, um zu fahren. Denn die Freeways ähneln fast immer riesigen Parkplätzen. Autofahren ist nur Begleiterscheinung für andere Tätigkeiten. Man fährt zum Beispiel, um in Ruhe zu telefonieren. Oder um zu essen. Für ein Picknick muss man nichts weiter tun, als ein paar Softdrinks und einen Hamburger zu kaufen und sich der Eigendynamik der Blechkarawane anzuvertrauen.

Einige fahren, weil sie sonst keinen Platz haben, um miteinander zu reden. Andere setzen sich in ihren Wagen, weil sie das Plärren der Kinder nicht mehr aushalten. Die Wohnungen sind schmucklos, weil die Menschen kaum darin wohnen. Sie verbringen ohnehin zwei Drittel ihres Lebens Stossstange an Stossstange. Der Weg ist das Ziel. So gesehen gibt es 14 Millionen Buddhisten - allein in Los Angeles. Wie Lemminge folgen sie den Rücklichtern der Leitfahrzeuge bis zum Meer.

Viele haben Fernsehgeräte in ihren Autos. Sie sehen darin Werbespots der Autohersteller, in denen die neuesten Modelle durch unberührte Landschaften gleiten.

Es wird auch gerne gefahren um zu rauchen. Denn Privatfahrzeuge sind der einzige Platz, wo der Konsum von Tabak noch nicht verboten ist. Der Marlboro Mann am Sunset Strip wurde kürzlich durch ein Anti-Raucher-Monument ersetzt. Traurig hängt eine abgeknickte Zigarette aus dem Mundwinkel der riesigen Gestalt. Die Darstellung soll zeigen, dass Rauchen impotent macht. Und Schlimmeres. Deshalb ragt vor dem gelben U-Boot-Restaurant eine Leuchtanzeige wie ein riesiger Zeigefinger in den Abendhimmel. In der Mitte leuchten die roten Ziffern einer sechsstelligen digitalen Anzeige. Sie zählt die Nikotintoten für dieses Jahr. Gerade ist die letzte Zahl wieder umgesprungen.

Man kann in Autos auch hervorragend grillen - wenn auch der Hersteller diese Möglichkeit vor allem für offene Wagen empfiehlt. Es gibt ein Modell von Chevrolet mit der nötigen Vorrichtung im Handschuhfach. Der Grill wird herausgeklappt und bietet Platz für zwölf Hot Dogs, acht Maiskolben oder zwei Steaks. Dem Fahrer bleibt es erspart, mit laufendem Motor vor dem Schalter eines Drive Through Restaurants zu verhungern.

Spaziergänge ersetzt man durch Verdauungsfahrten. Man kann auch tragbare Springbrunnen erwerben, die an den Zigarettenanzünder angeschlossen werden. Für die kalte Jahreszeit sind kleine elektrische Kamine erhältlich. Diese Produkte verhelfen zu einem völlig neuen Fahrgefühl. Man fährt, um sich zu entspannen.

Selbst neben den Kassen der Supermärkte stehen elektrische Fahrzeuge. Mit ihnen fahren die beleibteren Mitbürger durch die langen Gänge.

Bei der Partnerwahl gibt das Wageninnere den Ausschlag. Der Status eines potentiellen Bewerbers steigt mit der Anzahl der Becherhalter. Hat man einmal Platz genommen, kann man heiraten ohne wieder auszusteigen. Die Brautleute fahren vor den nächsten Trauungsschalter und warten, bis jemand die notwendigen Papiere hereinreicht. Der Vorgang dauert nicht viel länger als der Kauf eines Doppelwhoppers und hat den Vorteil, dass der Betrieb der Klimaanlage nicht unterbrochen wird. Das glückliche Paar behält den Tag in stressfreier und angenehmer Erinnerung.

Manche mieten sogar lange Limousinen, um sich fortzupflanzen. Allerdings wird für diesen Service ein diskreter Chauffeur benötigt.

Leider gibt es noch keine fahrbaren Beichtstühle. Doch für dieses Bedürfnis gibt es jetzt eine Hotline. Die Dienstleistung an sich ist kostenlos. Aber man erwartet eine Spende per Kreditkarte. Wenn die Summe stimmt, wird die Absolution erteilt.

Natürlich per Autotelefon.

Wolf DeVille
Die Nacht der Kometen

Kurz vor Dunkelheit an einem ganz normalen Spätnachmittag im November zerren zwei Männer eine Frau mittleren Alters in ein Auto. Sie fahren in Richtung Las Vegas aus der Stadt heraus. Die Männer haben die Frau ein paar Tage lang beobachtet. Das Opfer ist wehrlos, alleinstehend und vermögend.

Als der Wagen die Helligkeit von Los Angeles verlässt, mehren sich am Himmel kleine Funken. Wie dünne Lamettastreifen leuchten überall Sternschnuppen auf und verschwinden in der stockdunklen Nacht. Der Fahrer grinst und überlegt, was er sich wünschen könnte, Frauen, Autos oder Geld, am besten alles zusammen.

Die Besitzer von Funktelefonen und Pagern sind gewarnt, denn eine grosse Wolke von Steinen und Eis fliegt gerade an der Erde vorbei. Nur alle vierzig Jahre gibt es so ein spektakuläres Schauspiel und es besteht durchaus die Möglichkeit, dass einer der vielen Hundert Satelliten getroffen wird und ausfällt. In diesem Fall wäre die halbe Stadt lahmgelegt, denn alle sind in irgendeiner Form elektronisch vernetzt. Tausende von Gesprächen von Auto zu Auto sind gefährdet, die einzig mögliche Form der

Kommunikation in einer Millionenstadt, die längst ihre Mobilität zugunsten endloser Blechlawinen aufgegeben hat. Die Betreiber haben per Fernsteuerung die Kollektoren der Satelliten aus der Hauptrichtung des Weltraumsturmes weggedreht und hoffen, dass die teueren Geräte verschont bleiben.

Nach einer Stunde passiert der Wagen Barstow, einen nichtssagenden Flecken inmitten von Staub und Steppenhexe, dann wird seine Fahrt langsamer. Sie fahren um einen Koyoten herum, der von den zahllosen, schweren Lastwagen solange überrollt worden ist, bis er seine dritte Dimension vollkommen eingebüsst hat. Das tote Tier liegt auf der Fahrbahn wie eine flache, ausgedörrte Scheibe.

Kurz vor der Kontrollstation für Lebensmittel biegen die Männer auf eine kleine Stichstrasse ab und erreichen eine Tankstelle, die schon seit Jahren nicht mehr existiert. Das einzige, was übriggeblieben ist, sind ein paar Autowracks und eine Eismaschine, deren aufgemalte Gletscher ihr Versprechen nicht halten. Das Gerät hat längst seinen Geist aufgegeben.

Die Frau muss aussteigen und wird in den Kofferraum verfrachtet, auch ihre Handtasche lassen die Männer neben ihr verschwinden. "Bisschen Lippenstift für unterwegs", spottet der Fahrer. "Wenn Du Krach machst, halten wir nochmal. Hier hört uns niemand."

Der Wagen fährt auf die Hauptstrasse zurück und passiert den Checkpoint ohne anzuhalten. Es werden nur die Fahrzeuge überprüft, die nach Kalifornien hineinwollen.

Der Verkehr wird immer dünner. In Baker verlassen die Männer den Freeway. Das Einzige, was es zu sehen gibt, sind ein griechisches Schnellrestaurant und zwei Motels. Das erste Motel ist voll, doch bei Will's Fargo Motel haben die Männer Glück. Die Tür zum Hinterzimmer ist offen und der Fernseher läuft, davor sitzt eine alte Frau in einem Stuhl und ist eingeschlafen. Es ist halb drei Uhr morgens und sie hört die Klingel erst beim vierten Mal, beteuert aber, sie habe die Männer hereinkommen sehen. Die Einrichtung hat sich seit den fünfziger Jahren nicht verändert. Hinter einer Theke aus braunem Holzimitat steht eine Herdplatte, worauf etwas vor sich hinköchelt, das aussieht wie Kaffee.

"Für Autoclub und Trucker gibt es Rabatt'" sagt die Frau routinemässig. Die Männer nehmen ein Zimmer mit zwei Full-Size-Betten und zahlen in bar. Dann stellen sie den Wagen vor der Türe ab. Auf dem Parkplatz gibt es nur ein paar einzelne Fahrzeuge, deren Besitzer schon früher zu Bett gegangen sind, kein Zimmer ist mehr erleuchtet. Der Fahrer zieht ein paar Dosen Coke aus dem Automaten und schliesst leise die Zimmertür.

Die Frau im Kofferraum wartet noch ein paar Minuten, dann glaubt sie sich unbeobachtet und wühlt in ihrer Handtasche, bis sie ihr kleines, tragbares Telefon findet. Sie wählt die 911 und hat Glück. Ihr Satellit hat bis jetzt den Sturm im Weltraum überstanden. Der Operator dehnt das Gespräch aus, solange er kann und stellt eine Verbindung zu einer Spezialabteilung her, die versucht, die Richtung des Signals zu orten. Dann steigt ein Hubschrauber auf und macht sich auf den Weg nach Norden.

Mit einem Ruck öffnet sich die Klappe des Kofferraums. Das Erste, was die Frau sieht, ist nicht das Gesicht des Polizisten, sondern ein dicker, greller Feuerschweif. Fast wie der Kondensstreifen eines Düsenjägers. Quer über den Himmel stürzt ein riesiger Brocken herab. Eine flackernde Spur erleuchtet die Dunkelheit für fast zwei Sekunden bevor der Meteor verglüht. Leise nähern sich die Polizisten dem Zimmer der Männer.

Die Nacht der Kometen ist noch nicht zuende.

Wolf DeVille
Car Commercial

In der Abenddämmerung fährt ein Mann gutgelaunt nach Hause. Ein junger Sympathieträger, mittleres Management, der Traum jeder Schwiegermutter. Sein Gesicht entspannt sich langsam nach dem langen Bürotag. Plötzlich ein Stirnrunzeln. Im Rückspiegel einer dieser schneidigen Motorradpolizisten mit den Kavalleriestreifen an der Hosennaht und eingeschaltetem Blinklicht. Der Polizist fährt so dicht auf wie es geht und veranlasst den jungen Mann per Handzeichen, den Wagen anzuhalten. Der Fahrer lässt sein Auto langsam ausrollen, dann bleibt er ruhig sitzen und vermeidet ruckartige Bewegungen. Langsam, ganz langsam lässt er die Scheibe der Fahrertür herunter.

Der Polizist nähert sich zu Fuss, seine Schritte sind o-beinig und schwer. Die blankpolierten schwarzen Reiterstiefel sind nicht für lange Fussmärsche gedacht. Er verkörpert die ganze Macht des Staates und ist Richter und Vollstrecker in einer Person. Auf der Höhe des Wagens angekommen, behält er seine Sonnenbrille auf und blickt den Fahrer an, als habe sich dieser gerade durch das geöffnete Fenster erbrochen. Zwischen seinen dünnen Lippen bewegt sich ein nervöser Kaugummi.

"Sie wissen, warum ich sie anhalte?" Eine beliebte Frage amerikanischer Polizisten, die normalerweise ausreicht, den Ertappten zu einem Geständnis zu veranlassen.

"Zu hohe Geschwindigkeit", rät das Opfer und zupft unbehaglich an seiner Krawatte.

"Negativ." Der Offizier lehnt sich mit dem Arm auf die Tür und überprüft die Papiere mit angewiderter Miene. Sein kantiges Gesicht verrät nicht, worauf er abzielt.

"Sind sie sich im Klaren darüber, dass sie den neuen Seville Touring Sedan fahren?" „Mit eingebautem intelligentem Schaltsystem und serienmässigem Allradantrieb?" Der Kaugummi wird schneller; der Fahrer darf jetzt keinen Fehler machen.

Das Verhör verschärft sich: "Den neuen Cadillac STS Seville Touring Sedan mit Armaturenverkleidung aus Zedernholz und dem besten Musiksystem der Welt?" Das muss der junge Mann zugeben, ob er will oder nicht.

Zum ersten Mal nimmt der Polizist die Sonnenbrille ab. Sein Blick ist starr auf den Fahrer gerichtet: "Ich will nur noch eins wissen: Sind Sie glücklich?"

Unsicher bejaht der Gefragte, denn er weiss, dass Lügner nichts zu Lachen haben. Schon gar nicht vor dem Gesetz.

Müde gibt der Polizist die Papiere zurück. In seiner Stimme liegt die ganze Bitterkeit eines langen und unerfüllten Berufslebens. Mit einem Einkommen, das vorne und hinten nicht reicht, einem kleinen Appartment in der Vorstadt und dem ewig plärrenden Fernseher des Nachbarn. Gratis. Durch die dünnen Holzwände. Zum letzten Mal ermahnt er den Fahrer, bevor er ihn in die Freiheit entlässt: "Das sollten Sie auch."

Gott sei Dank war das nur eine Autowerbung.

Wolf DeVille

Santa Claus Is Coming To Town

Kurz vor Weihnachten blasen die Santa Ana Winde heisse Wüstenluft nach Los Angeles und treiben das Thermometer auf einen neuen Rekord von 89 Grad. Der Briefträger bringt die letzten Pakete in kurzen Hosen.

Das Fernsehen zeigt täglich Bilder von festlich erleuchteten Häusern. Tausende von Lichterketten schaffen eine Märchenwelt für die lieben Kleinen. Ein Sponsor hat Pistenkanonen in die Stadt bringen lassen, damit eine Schneeballschlacht stattfinden kann. Es wird von einer Frau berichtet, die in ihrem Appartment nicht weniger als 32 Weihnachtsbäume aufgestellt hat. Jeder ist nach einem eigenen Motto geschmückt. Die Scheidung war unvermeidlich.

Auf dem Flughafen herrscht höchste Alarmstufe, denn die Reservelandebahn wird durch einen Lear Jet blockiert. Ein Schaden in der Elektronik hat dazu geführt, dass das Fahrgestell nicht ausgefahren werden konnte. Die Maschine ist deshalb auf dem Bauch gelandet. Doch die Insassen konnten unverletzt herausspringen. Niemand ist zu Schaden gekommen. Immerhin darf jetzt auch die Feuerwehr ihren Beitrag zur Weihnachtsstimmung leisten. Die Männer bedecken das Wrack mit einem Berg von weissem Schaum. "Es sieht sehr romantisch aus", bemerken sie stolz. "Als wäre das Flugzeug eingeschneit." "Eigentlich fehlen nur noch ein paar Weihnachtsengel auf den Tragflächen."

"Oder Santa Claus mit seinen Rentieren!"

Unterdessen hat Santa ein Problem. Er fährt auf dem Radarstrahl der Polizei. Die Beschreibung ist kurz und geht an alle Streifenwagen. Der Verdächtige ist männlich, Mitte zwanzig, Afro-Amerikaner. Trägt Jeans, T-Shirt und eine Weihnachtsmütze mit weissem Fellrand. Keine Rentiere. Aber auf dem Heck des Fahrzeugs das Emblem einer Antilope.

Der falsche Weihnachtsmann sitzt in einem langen rosa Chevrolet Impala und hat alle überholt. Leider war er zu schnell und ausserdem hat er die Spur für Fahrgemeinschaften benutzt. Das Beweisfoto ist eindeutig. 80 Meilen – selbst mit Toleranz. Obwohl die rote Zipfelmütze des Verdächtigen gut zur Saison passt, wird sie beschlagnahmt. Stattdessen werden dem Fahrer Handschellen angelegt. Er wandert mit anderen Schwerverbrechern in eine Ausnüchterungszelle. Am nächsten Morgen wird der Richter die Kaution festsetzen. Ob Drogen im Spiel waren, wird die Untersuchung zeigen. Eines ist jetzt schon klar. Das Bussgeld beträgt 271 Dollar. Plus Steuern, Unterbringung und Verpflegung.

Dabei hat das L. A. P. D. gar nichts gegen Weihnachten. Einige Polizisten beginnen sogar damit, an den Ausfahrten zu sammeln. Das Geld geht an die Waisenkinder der Polizei. Selbstverständlich besteht nicht die geringste Verpflichtung, etwas zur Kollekte beizutragen. Doch die Sicherheitsstandards sind verschärft worden. Kein Autofahrer hat ein reines Gewissen. Und hinter den dunklen Sonnenbrillen wachen die Augen des Gesetzes. Deshalb beeilen sich alle mit der Spende. Ausserdem ist der Zweck sowieso über alle Zweifel erhaben.

Nur noch wenige Türchen im Adventskalender. Es wird immer heisser und in der ganzen Stadt weihnachtet es. Die Scheiben der Fahrzeuge sind heruntergekurbelt und aus den Autoradios dringt ein fröhlicher Kinderchor nach draussen. Die Melodie vermischt sich mit dem Geheul der Sirenen und dem Geruch von Teer und Benzin. Dann verklingt der Refrain in dem gelben Smog, der sich wie ein feiner Schleier über den aufgestauten Verkehr gelegt hat: "You better watch out, you better not cry, you better not pout, I'm telling you why:

Santa Claus is coming to town."

Wolf DeVille

Ped Xing

In Amerika heissen die Fussgänger "Pedestrians". Das bedeutet nicht, dass sie auf den amtlichen Verkehrsschildern auch so genannt werden. Dort heissen sie einfach "Ped". An die Möglichkeit, dass es mehrere Fussgänger geben könnte, denkt niemand ernsthaft. Deshalb hat man das „s" am Ende des Wortes gestrichen. Aber immerhin: An den Stellen, an denen eine Überquerung der Fahrbahn droht, wird vor dem Ped gewarnt.

Allerdings würde das Wort "überqueren" zuviel Umstände machen. Man hat hierzulande keine Zeit, sich mit solch sperrigen Vokabeln abzugeben. In jeder Sekunde müssen neue Erfindungen gemacht werden, die die Welt weiterbringen. Der Glaube an den Fortschritt ist unerschütterlich. Jeder trägt seinen Teil dazu bei. Im Fernsehen berichtet ein Bomberpilot von seinem Einsatz über Jugoslavien. Das Schönste an seiner Tätigkeit ist, sagt er im Brustton der Überzeugung, dass er weiss, dass er einen Unterschied bewirkt im Leben der Menschen.

Aus Gründen des Fortschritts ist auch das neue Tätigkeitswort für querlaufende Fussgänger erheblich kürzer geraten als das alte. Früher sagte man „crossing". Doch das Aussprechen von „crossing" dauert zweimal so lange wie der Vorgang selbst. Nicht ohne Grund weisen Experten darauf hin, dass sich die mutigen Peds, die zu Fuss die andere Strassenseite zu erreichen versuchen, wegen des starken Autoverkehrs so schnell bewegen müssen wie sie können. Es ist deshalb gar nicht einzusehen, dass ein so umständlicher und langer Ausdruck weiter benutzt werden soll. Auf den Warntafeln verwendet man nur noch die Kurzform "Xing". Auch lautmalerisch entspricht diese Abkürzung vollkommen der beschriebenen Tätigkeit. Übrigens kann man froh sein, dass es den Hinweis „Ped Xing" überhaupt gibt. Denn Fussgänger sind entweder illegale Einwanderer oder sonstige Kriminelle, die etwas zu verbergen haben.

Peds dürfen unter keinen Umständen mit 'Pets' verwechselt werden. Ein Pet mit 't' ist nämlich gar keine Abkürzung, sondern ein Haustier. Viele Urlauber behaupten sogar, es gäbe Zebrastreifen für Vierbeiner, vor denen man Schilder mit der Aufschrift 'Ped Xing' aufgestellt hätte. Und nicht Wenige haben aufgrund dieses Irrtums die USA in der Annahme verlassen, dass man hier besonders gut zu Tieren sei.

Beschimpfungen im Strassenverkehr sind dagegen so selten, dass es gar keiner Vorschriften bedarf. Kleinere Meinungsverschiedenheiten werden einfach an Ort und Stelle geregelt. Auf diese Weise werden Steuergelder eingespart und die Polizeibeamten entlastet. Selbst Priester haben eine Waffe im Handschuhfach und zögern nicht, ihr Schiesseisen zu benutzen, wenn sie provoziert werden. Die Reisehandbücher raten deshalb allen Touristen zu Besonnenheit und defensiver Fahrweise.

Ganz anders als beim Umgang mit Handfeuerwaffen übt man bei der Benennung sanitärer Anlagen vornehme Zurückhaltung. Ein so obszönes Wort wie ‚Pissoir‘ sucht man vergebens. Die Umschreibung für diese Örtlichkeit heisst ‚Restroom‘ und lädt zum Verweilen ein. Auch die Bezeichnungen ‚Powder Room‘ und ‚Bathroom‘ sind durchaus üblich, obwohl in den beschriebenen Räumen nur selten gepudert und noch weniger gebadet wird.

Im Fernsehen geht gerade die tägliche Hochgeschwindigkeitsjagd über mehrere Autobahnen zuende. Dieses vertraute Ritual wird jeden Abend zur besten Sendezeit übertragen und endet üblicherweise mit einem spektakulären Feuergefecht. Danach werden die Angeschossenen in bereitstehenden Transportfahrzeugen aus dem Bild gefahren und der Reporter lobt im Schlusswort die Arbeit der Ordnungshüter.

Heute ist es nicht so. Nachdem der Verfolgte die Nerven des Publikums über zwei Stunden stapaziert und die Hinweise bezüglich der Peds wiederholt ignoriert hat, hat er plötzlich und zur allgemeinen Enttäuschung ohne Widerstand aufgegeben. Die Polizei konnte ihn kampflos festnehmen. Der schwer bewaffnete Mann ist geständig, doch der Grund für seine Kapitulation war relativ banal.

Er musste dringend zum Restroom.

Wolf DeVille
Über das Schreiben

Immer wieder interessiert es die Leute, wie ein Schriftsteller zum Schreiben kommt. Dabei ist es das Natürlichste der Welt. Vor allem in einer Stadt wie Los Angeles, wo die Feiern zum neuen Jahrtausend mangels Besuchernachfrage fast gänzlich ausgefallen sind. Die Leute bleiben lieber für sich. Unbehelligt von der unangenehmen Realität ausserhalb der bewachten Wohnanlagen. Es wird früh dunkel hier, denn der Breitengrad ist identisch mit dem von Neapel. Mit dem Einbruch der Nacht endet das öffentliche Leben in Downtown. Die Strassen füllen sich mit Kartons, in denen die Heimatlosen auf den nächsten Morgen warten.

Den Bessergestellten fällt es schwerer, eine sinnvolle Beschäftigung für die langen Abende zu finden. Geselliges Beisammensein ist der hiesigen Kultur fremd. Man verbringt die Zeit lieber im Kreis der Familie. In Jogginganzügen und vor Fernsehern, die eine Wohnzimmerwand komplett ausfüllen. Die Bildschirmdiagonale als Maßstab der Dinge. Nach Kneipen und anderen öffentlichen Trinkgelegenheiten sucht man vergeblich. Solche Höhlen des Lasters gibt es in Los Angeles kaum. Für Alleinstehende ist es deshalb schwer, Kontakte zu knüpfen. Es gibt keinen

Platz dafür. Ausser man teilt sich die Minibar einer Stretchlimousine. Auch Kleinanzeigen helfen nicht weiter. Die einheimischen Masseinheiten sind zu verwirrend. Man kann als Ausländer leicht Inches und Fuss verwechseln. Denn diese Angaben unterscheiden sich nur durch ein kleines Apostroph. Einmal war die Körpergrösse einer jungen Dame angegeben. Nach ersten Berechnungen war sie nicht weniger als 4 Meter und 32 Zentimeter hoch. Ratlos nimmt der unkundige Leser von weiteren Bemühungen Abstand.

Das Schreiben ersetzt die Kommunikation so gut es geht. Manche Geschichten lagern für Jahre in besonderen Verzeichnissen. Die Dateien sind nichts anderes als eine Reihe digitaler Weinfässer. Ihr Inhalt bekommt immer mehr Gehalt und entwickelt einen Körper. Die Daten lagern auf einer rotierenden dicken Scheibe im Bauch eines Rechners. Ein Magnetfeld tastet den kreisenden Zylinder ab und findet selbst allerkleinste Informationsfetzen.

Ab und zu wird über die Tastatur ein Gedanke hinzugefügt und vermischt sich mit den vorhandenen Nullen und Einsen. Der Zeitpunkt ist nie vorherzusehen und es gibt kein Rezept. Einfälle kommen und gehen, wann immer sie wollen. Sie fliegen über die endlosen Autobahnen von Los Angeles herein. Out of the blue, wie man hier sagt. Oder sie nehmen vor den weiten Horizonten der Wüsten Gestalt an. Sie flüchten in Panik, sobald der Gärtner seine Laubsaugmaschine anwirft. Dann springen die Ideen über den Zaun ins Nachbargrundstück und warten auf das Ende der Störung. Nachts materialisieren sie sich am häufigsten. Die ewige laue Sommernacht verdeckt die Geräusche des Tages und lässt die Gedanken atmen. Sie bleiben im Zigarrenrauch hängen und dem Zirpen der Grillen.

"Schreiben sie doch einen Roman!", sagt ein Verleger. "Wer will denn Kurzgeschichten lesen?" Die Antwort darauf fällt nicht leicht. Aber es gibt Situationen, wo diese Gattung durchaus Vorteile hat. Zwischen zwei Stationen der U-Bahn zum Beispiel. Wenn es keine gibt, wie in Los Angeles, dann eben im Stau. Oder ganz einfach auf dem Klo, wo immerhin 30 Prozent aller Bürger lesen, wenn die Zahlen stimmen. Wegen der Intimität dieser Erhebung konnte allerdings nur ein ausgewählter Personenkreis befragt werden. Das Ergebnis wurde hinterher hochgerechnet. 'Hinter-Her' müsste es in diesem Fall zutreffender heissen.

Und ausserdem gibt es doch eine Untergrundbahn in L.A., in der man Bücher aufschlagen und sogar lesen könnte. Sie hat ganze zwei Linien. Niemand benutzt sie, weil die Bewohner dieses Beförderungsmittel für kommunistisch halten und es deshalb pervers finden. Es besteht kein Zweifel daran, dass der Sinn des Lebens darin besteht, Geld für grössere Autos zu verdienen. Dieser fundamentale Antrieb entfiele durch den gemeinsamen Transport. Die Leute würden stinken in den Waggons. Körpergeruch wird als wesentlich unangenehmer empfunden als der Qualm aus den Auspuffanlagen. Darüber hinaus hat der Smog einen entscheidenden Vorteil.

Er sorgt für traumhaft schöne Sonnenuntergänge.

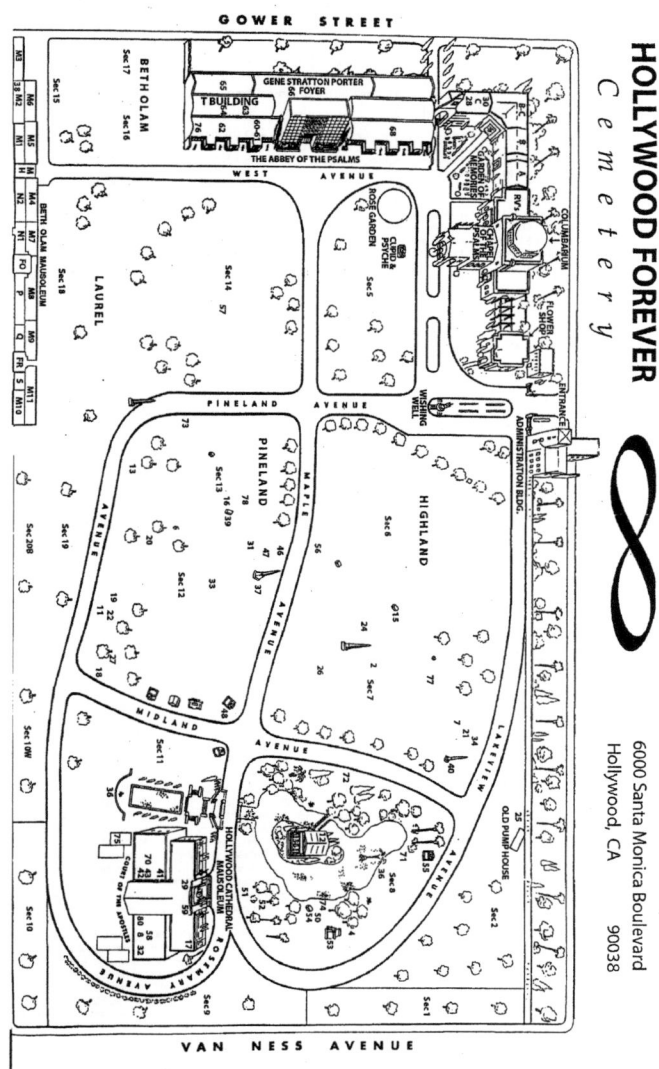

HOLLYWOOD FOREVER

Cemetery

6000 Santa Monica Boulevard
Hollywood, CA 90038

149

The Hollywood Forever Cemetery was founded in 1899. As it approaches its centennial milestone, its historical importance is reflected among its buried. Among those interred in the cemetery are the original pioneer settlers of the Los Angeles area as well as the many visionaries who foresaw in this region a thriving business community and cultural mecca. In the 1920's, with the movie industry influence at its height, the cemetery also became the final resting place for the legends of the silver screen and other motion picture industry giants.

In its 100th anniversary, the Hollywood Forever Cemetery is embarking on a mission to recapture the grandeur and glory which is affiliated with the Hollywood mystique. We invite you to explore the stories of many of those interred here at the Hollywood Forever Cemetery in the Memorial Theater located in the administration building.

Eighty Famous or Influential People Interred at the Hollywood Forever Cemetery

1. Dr. Foster Collins — Pioneering Surgeon
   Columbarium - 04 : Niche 12 : Tier 4
2. Mary Love Gower — Hollywood Settler / Pioneer
3. Frank E. Woods — 1st Screenwriter
   Columbarium - 03: Niche 009A : Tier 4
4. Mary Jarvis Christie — Church Founder
5. Dr. Andrew S. Lobingier — Pioneering Surgeon
6. Dr. Samuel S. Salisbury — Pioneering LA Physician
7. John Bowling Cryer — Pioneer / Iowa Trading Post
8. Barbara LaMarr — Silent Screen Star
   Hollywood Cathedral Mausoleum : Corridor A : Crypt 1308
9. Louis Wolheim — Noted Early Motion Picture Actor
   Columbarium - 10 : Niche 000S : Tier 2
10. Marc McDermott — Noted Early Motion Picture Actor
11. Judge Erskine M. Ross — Early Settler/ Court Justice
12. William Andrews Clark Jr. — Industrialist / fdr. LA Philharmonic
13. Albert A. Hubbard — Builder of the LA Aqueduct
14. Peter S. Rishel — Hollywood Settler / Civil War Vet.
15. Senator Cornelius Cole — Hollywood Settler / US Senator
16. James Burrows — Pioneer Actor / Vaudevillian
17. Dr. Henson Cross — LA Physician / Civil War Veteran
    Hollywood Cathedral Mausoleum : Corridor B : Crypt 0440
18. Mrs. Russell J. Waters — Early Prominent Citizen
19. Jerry Illich — Promenant Early Restauranteur
20. Hiram Higgins — Merchant / Gold Rush Participant
21. James Columbus Braly — Pioneer/Banker/Oregon St. Senator
22. Oliver Ivers — Pioneering Oil Man / Tycoon
23. Major H.G. Wedemeyer — Civil War Veteran
24. F.W. Blanchard — Developer of Hollywood Bowl
25. Florence Lawrence — Worlds First Movie Star
26. Webster A. Bingham — Civil War Veteran
27. Asa K. Waters — Early Civic Improvements Advocate
28. Gertrude Claire — Veteran Stage/Silent Screen Actress
    Building C : Crypt 0149
29. Dr. Henry W. Howard — Pioneering Surgeon / Physician
    Hollywood Cathedral Mausoleum : Corridor D : Niche 0249
30. William H. Crane — Veteran Stage/Silent Screen Actor
    Building C : Crypt 0287
31. Betty Rathbun — Native California Indian / Slave
32. Rudolph Valentino — Legendary Silent Screen Star
    Hollywood Cathedral Mausoleum : Corridor A : Crypt 1205
33. Rene Blondeau — Early Hollywood Settler
34. Andrew Whitaker — Early Settler
35. Virginia Rappe — Silent Screen Actress/Scandal Victim
36. Douglas Fairbanks, Sr. — Legendary Silent Screen Star
37. General Harrison G. Otis — Founder of The LA Times
38. Benjamin "Bugsy" Siegel — Founder of Las Vegas / Mobster
    Beth Olam Mausoleum : M2
39. Theodore Roberts — Screen / Stage Actor
40. Griffith J. Griffith — Griffith Park/Grk Theater Land Donor
41. William D. Tanner/Taylor — Silent Film Director / Scandal Victim
    Hollywood Cathedral Mausoleum : Corridor C : Crypt 0594
42. H.H. Wilcox — Founder of Hollywood
    Hollywood Cathedral Mausoleum : Corridor C : Crypt 0990
43. Daida Wilcox Beveridge — Gave Hollywood Its Name
    Hollywood Cathedral Mausoleum : Corridor C : Crypt 0989
44. Rene Adoree — Silent Screen Star
    Abbey of the Psalms : Foyer : Crypt 219
45. Agnes Ayers — Silent Screen Actress - "The Sheik"
    Columbarium - 05 : Niche 003D : Tier 3
46. Eliza A. Otis — California Poet / LA Times Owner
47. Harry Chandler — LA Times Inheritor / Owner
48. Arthur Letts — Founder of Broadway Stores
49. Charles Chaplin Jr. — Actor / Son of Charlie Chaplin
    Abbey of the Psalms :Corridor E-2 : Crypt 1065
50. Hannah Chaplin — Mother of Charlie Chaplin
51. Harry Cohn — Columbia Pictures President
52. Nelson Eddy — Legendary Singing Star
53. Marion Davies — Early Screen Star/Hearst Companion
54. Tyrone Power — Legendary Screen Star
55. Cecil B. DeMille — Legendary Pioneer Film Director
56. Carl "Alfalfa" Switzer — Child Star - "Our Gang"
57. Paul Muni — Academy Award Winning Actor
58. Peter Finch — Academy Award Winning Actor
    Hollywood Cathedral Mausoleum : Corridor A : Crypt 1224
59. Eleanor Powell — Legendary Tap Dancer / Actress
    Hollywood Cathedral Mausoleum : Foyer : Niche 432
60. Norma Talmadge — Legendary Silent Screen Star
    Abbey of the Psalms : Corridor G-7 : Family Room
61. Constance Talmadge — Silent Screen Star / Producer
    Abbey of the Psalms :Corridor G-7 : Family Room
62. Clifton Webb — Academy Award Winning Actor
    Abbey of the Psalms : Corridor G-6 : Crypt 2350
63. Jesse Lasky — Pioneer Producer
    Abbey of the Psalms : Corridor G-3 : Crypt 2196
64. Darla Hood — Child Star - "Our Gang"
    Abbey of the Psalms : Corridor G-4 : Crypt 7213
65. Victor Fleming — Legendary MGM Director
    Abbey of the Psalms : Corridor G-02 : Crypt 2081
66. Louis Calhern — Distinguished Character Actor
    Abbey of the Psalms : Foyer : Niche 308
67. Elmo Lincoln — First Tarzan / Silent Era
    Collonade : Niche 20J :Tier S :N.orth Wall
68. Joan Hackett — Leading Lady
    Abbey of the Psalms : Corridor D-3 : Crypt 2314
69. Bebe Daniels — Star of Silent / Sound Eras
    Columbarium : Niche 7-8 : Tier 3
70. Peter Lorre — Legendary Character Actor
    Hollywood Cathedral Mausoleum : Corridor C : Niche 5
71. Janet Gaynor — 1st Academy Award Winning Actress
72. John Huston — Legendary Director
73. Mel Blanc — Man of 1000 Cartoon Voices
74. Arthur Lake — Popular Character Actor (Dagwood)
75. Woody Herman — Big Band Leader
76. Nelson Riddle — Big Band Leader
    Abbey of the Psalms : Corridor T-1 : Crypt 702
77. Arthur Letts — Founder of Broadway Stores
77. Dezso Lanyi — World-Renowned Sculptor
78. Carl Morgan Bigsby — Inventor / Printing Pioneer
79. Ben Lyons — Influential Studio Executive
    Columbarium - 15 : Niche 7-8 : Tier 3
80. Elmer Berger — Inventor of Rear View Mirror
    Hollywood Cathedral Mausoleum : Corridor A :Crypt 1405

We request that all visitors observe the proprieties of the park and conduct themselves with decorum and dignity. Please respect the privacy of those engaged in memorial or religious observances. Amateur photography is permitted on the grounds, but not within the buildings. The use of tripods or commercial or professional photography requires advanced permission. No person shall engage in solicitation of any kind for any purpose. Please check with the main office for all proper procedures. The motor vehicle speed limit is 10 miles per hour. Except when in a funeral procession, vehicles may not be parked in front of an open interment site. Visiting hours are 8:00 A.M. to 5:00 P.M. throughout the grounds. All Mausoleum Columbarium are open from 8:00 A.M. to 4:30 P.M. Please enjoy your visit.